소드마스터 힐러님

침략자 퓨전 판타지 장편소설

WISHBOOKS FUSION FANTASY STORY

침략자 퓨전 판타지 장편소설

초판 1쇄 찍은 날 | 2019년 10월 14일
초판 1쇄 펴낸 날 | 2019년 10월 21일

지은이 | 침략자
펴낸이 | 예경원

기획 | 위시북스
편집책임 | 이은송
편집 | 위시북스

펴낸곳 | 예원북스
등록번호 | 제396-2012-000132호
등록일자 | 2012. 7. 25
KFN | 제1-475호

주소 | 경기도 고양시 일산동구 호수로 646-24 위너스21II빌딩 206A호 (우)10401
전화 | 031-819-9431 팩스 | 031-817-9432
E-mail | yewonbooks@naver.com

ⓒ침략자, 2019

ISBN 979-11-365-0417-3 04810
      979-11-6424-130-9(set)

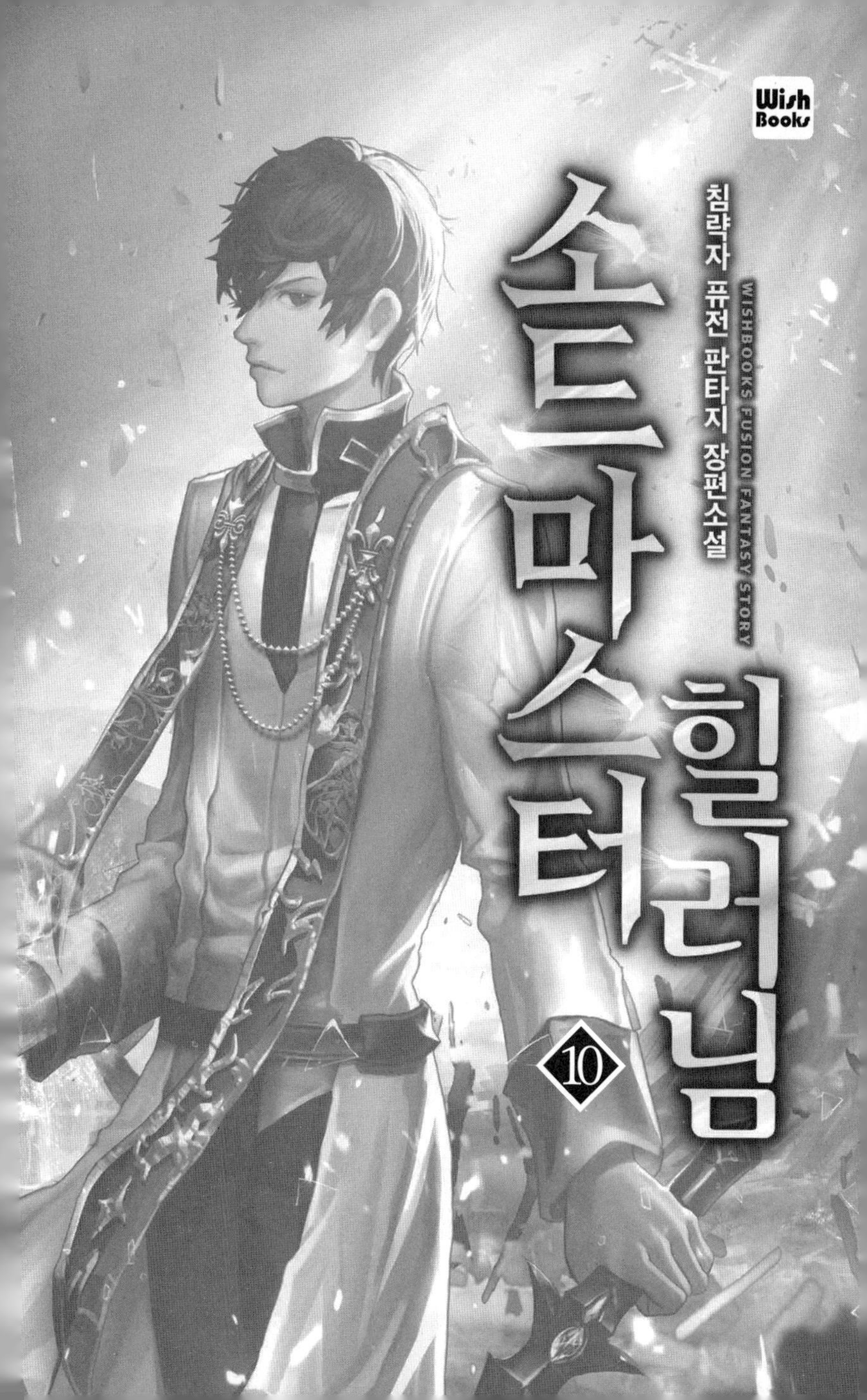
Wish Books
소드마스터 힐러님
침략자 퓨전 판타지 장편소설
WISHBOOKS FUSION FANTASY STORY
10

CONTENTS

1장 제국의 사정   7

2장 사악한 계략   51

3장 정의로운 학살   85

4장 내가 정의다   119

5장 마도학자들   163

6장 우연이 아닌 운명   197

7장 황명을 받들라!   221

8장 기밀문서   267

1장
제국의 사정

"고맙습니다…… 사제님……."

촌장과 마을 사람들은 성준에게 진심을 다해 감사를 표했다. 제이라는 꼬마를 치유해 줘서 그런지 경계심이 많이 사라진 것 같았다.

"정말 감사합니다……."

촌장이 계속해서 고개를 숙였다.

성준은 희미한 미소를 머금은 채 입을 열었다.

"당연히 해야 할 일을 했을 뿐입니다."

사실 처음에는 도와줄 생각이 없었지만, 여단의 문장을 가슴에 달고 미친 짓을 하는 기사의 행동이 역겨워서 행동하게 되었다.

기사 여단의 명예를 지켰을 뿐만 아니라 마을 사람들의 경계심도 희석시켰으니, 손해 보는 행동은 아니었다.

이것으로 주변 지리 정보와 제국의 상황에 대해 조금이나마 들을 수 있을 터였다.

"누추하지만 잠시 쉬다 가시겠습니까? 은인에게 차라도 한 잔 대접해 드리고 싶어서 그렇습니다."

"사양하지 않겠습니다."

"이쪽으로 오시지요."

촌장은 성준을 자신의 집으로 안내했다. 우물가에 있는 작고 낡은 오두막이었다.

"은인께서는 편히 앉으시지요."

이마에 맺힌 땀방울을 닦아내며 촌장이 말했다. 조금 전에 기사가 해방한 살기 탓인지 여전히 극도의 긴장 상태였다.

성준은 고개를 끄덕인 뒤, 의자에 앉았다. 촌장이 따뜻한 차를 꺼내 왔다.

"사제님 입맛에 맞을지 모르겠습니다. 저희가 가진 게 이것밖에 없어서……."

"아닙니다. 맛있습니다."

성준은 미소를 지으며 대답했다. 전생에서 그는 재능을 인정받아서 기사가 될 수 있었지만, 태생이 작위가 있는 귀족은 아니었다. 그래서 입이 고급스럽지 않았다.

"다행입니다."

"몇 가지 질문해도 되겠습니까?"

"물론입니다. 제가 아는 거라면 기꺼이 대답해 드리겠습니다."

촌장은 흔쾌히 고개를 끄덕였다. 지금 그가 해줄 수 있는 것은 질문에 대답하는 것뿐이었다.

성준도 많은 것을 물어볼 생각은 없었다. 작은 마을이었기 때문에 얻을 수 있는 정보가 한정되어 있을 게 분명했다.

"길을 잃어서 그러는데 혹시 주변에 도시가 있습니까?"

"북쪽으로 말을 타고 하루 정도 가면 아벤할이 있습니다."

조금 전에 병사가 들고 있는 깃발도 그렇고, 촌장의 말대로 아벤할이 근처에 있는 게 확실하다면 이곳은 테렌시아 지방이었다.

"알려줘서 고맙습니다."

"은인께 더 도움이 되지 못해서 죄송합니다."

"이 정도면 충분합니다."

가난하고 작은 마을에 큰 도움을 기대하는 것은 사치였다. 미안해하는 촌장에게 거듭 괜찮다고 말한 성준은 아벤할을 향해 이동을 시작했다. 기사가 타고 온 말이 있어서 촌장의 말대로 하루 만에 도착할 수 있었다.

성문에 경비병이 있었지만, 검문은 없었다. 대부분의 제국 도시가 특별한 일이 없으면 검문을 실행하지 않았다.

반대로 내성부터는 검문이 없는 경우가 드물었다.

-황제가 징병을 명했다면 광장에 공고가 붙어 있을 겁니다.

리슈발트가 말했다. 도시의 광장에는 게시판이 있다. 주로 황명이나 영주의 명령, 또는 길드의 의뢰 등이 게시되는 장소였다.

게시판에는 그것들 외에도 제국, 그리고 도시의 근황이나 정보가 게시되어 있기 때문에 외지인들이 많이 찾는 장소이기도 했다.

성준은 고개를 작게 끄덕이고는 광장을 향해 발걸음을 옮겼다. 전생에 이곳을 방문한 기억이 있었기 때문에 지도 없이도 길을 잃지 않고 광장에 도착할 수 있었다. 적절하게 설치되어 있는 안내판들도 한몫했다.

이윽고 광장에 도착한 성준은 게시판을 살폈지만 징병령에 관련된 내용은 게시되어 있지 않았다.

-특별한 내용은 없는 것 같습니다. 왕국 연합과의 전쟁 이야기도 승전에 대한 것들뿐이군요. 리디크 평원 전투에 관한 내용도 전혀 없습니다.

"패전이니까 당연히 공고하지 않았겠지."

성준이 말했다. 아마 리디크 평원 전투에 대해 알고 있는 이들은 군과 관련된 자들뿐일 것이다. 제국 군부의 성격상 그들에게 함구령이 내려졌을 것이다.

그러니 광장이 이렇게 조용한 것이겠지. 뻔한 일이었다.

반대로 왕국 연합에서는 리디크 평원에서의 승전을 크게 알리고 있을 것이다. 그들에게 있어서 리디크 평원의 전투는 계속되는 패전 끝에 성준의 도움으로 전황을 역전시킨 의미 있는 전투였으니까.

"대대적인 징병령은 아직인가……?"

성준은 뒷골목으로 들어서며 혼잣말을 내뱉었다.

그 말을 들은 리슈발트는 차분한 표정으로 입을 열었다.

-반발하더라도 힘으로 누르기 쉬운 계층을 먼저 징병하는 것 같습니다.

"가난하고 힘없는 자들……."

그들의 또 다른 이름은 '빈민'이었다.

역사를 돌이켜 보면 제국에 위험이 닥치거나 전쟁의 상황이 좋지 않아지면 그들은 언제나 강제로 최전방에서 싸웠다. 다수의 인간 방패를 내세워 적들의 체력을 저하시킨 뒤, 정예 병력을 동원하는 것은 제국에서 기본적으로 사용하는 전략 전술이었다.

"빈민가로 가보는 게 좋을까?"

빈민들을 대상으로 하는 징병이 시작되었다면 여관에서는 그와 관련된 정보를 얻기 힘들 것이다. 기본적으로 평범한 사람들은 빈민들에게 관심이 없기 때문이었다.

-저도 그렇게 생각합니다.

리슈발트도 고개를 끄덕이며 동의했다.

성준은 발걸음을 옮겼다. 빈민가로 향하는 길을 알려주는 안내판 따위 있을 리가 없었지만, 다행히 성준은 아벤할의 도시 구조를 기억하고 있었다.

-기척이 전혀 느껴지지 않습니다.

빈민가는 비어 있었다. 성준은 발걸음을 재촉했다. 조금 더 둘러볼 생각이었다.

아벤할은 큰 도시였다. 빈민가의 규모 또한 작지 않았다. 그들만 모아도 3천이 넘을 것이었다. 여자와 노인, 그리고 어린아이들까지 섞여 있을 테니, 그들 전부를 동원하지는 않았을 것이다.

적어도 성준은 그렇게 생각했다. 하지만 그것은 착각이라는 것을 곧 깨닫게 되었다.

"아무도…… 없다고……?"

넓은 빈민가가 비어 있었다. 쥐새끼 하나조차 찾아볼 수 없었다.

그렇게 생각한 순간이었다.

"죽고 싶지 않으면 당장 나와라."

기척이 느껴졌다. 기분이 좋지 않았기 때문에 목소리가 낮게 가라앉아 있는 것은 물론이고 선명한 살기까지 흘러나왔다. 어느새 손에는 검이 들려 있었다.

"죄, 죄송해요. 기사님…… 제발 살려주세요……."

좁은 하수도에서 작은 머리가 튀어나왔다. 어린아이였다.

성준은 황급히 살기를 거두었다.

그제야 꼬마의 표정이 조금 나아졌다.

"제발 살려주세요…… 기사님…… 제가 없으면 동생들이 굶어 죽어요……."

꼬마가 무릎을 꿇고 고개를 숙였다. 자세히 보니 뼈만 남았다는 표현이 어울릴 정도로 앙상하게 마른 몸을 가지고 있었다.

애처롭게 떨고 있는 꼬마를 보며 성준은 한숨을 내쉬며 검을 다시 반지의 형태로 되돌렸다.

"괜찮을 거다. 아무 일도 없을 거야."

성준은 최대한 부드러운 목소리로 말하며 낡은 로브를 벗어 던졌다. 그러자 순백의 사제복이 모습을 드러냈다.

"사, 사제님이셨어요?"

고개를 든 꼬마가 조심스럽게 물었다.

사제는 무조건 선한 존재라고 생각하는 사람들이 많았다. 사제복을 보여준 것만으로 안정을 되찾는 걸 보니, 눈앞의 꼬마도 그런 부류인 것 같았다.

"일단은 그렇다고 해두자."

"사제님! 제발 도와주세요!"

꼬마가 도움을 청했다.

"다친 사람이 있니?"

"네! 이쪽으로!"

꼬마는 성준의 옷깃을 잡고 어딘가로 안내했다. 5분 정도 걸었을까? 빈민가 외곽에 도착했다. 끔찍한 악취가 코끝에 닿았다.

성준은 그 악취의 정체를 바로 알아챘다.

'시체다. 그것도 아주 많이.'

전쟁터에서나 맡을 수 있는 대량의 시체 냄새가 빈민가에서 난다? 불길한 생각이 들었다.

"빨리요!"

꼬마의 재촉에 5분 정도를 더 걸었다.

그리고 성준은 보고야 말았다, 전쟁터에 버금가는 지옥을.

"제발…… 아저씨, 아줌마들을 치료해 주세요……."

수십 명의 빈민이 모여 있었다. 그들 중 절반은 죽어서 썩어가고 있었다. 살아남은 절반의 상태도 좋지 않았다. 피투성이였다.

"제가 가진 건 없어요…… 그래도 뭐든 할 테니까 제발……!"

"힐링 스프레이."

성준은 망설임 없이 백색의 빛무리를 흩뿌렸다.

그나마 숨이 붙어 있던 이들은 성준의 신성력에 의해 치유되었다. 정신을 잃었던 이들도 힘겹게 눈을 떴다.

꼬마는 그 광경을 보며 두 눈을 반짝였다.

"사, 사제님! 정말 감사합니다!"

"아이고! 사제님이 우리를 구해주셨어!"

끔찍했던 고통에서 해방된 이들이 눈물을 흘리며 성준에게 모여들었다. 그들이 흘린 눈물에서 여러 감정을 엿볼 수 있었다.

"몇 가지 물어볼 게 있습니다. 한 분만 앞으로."

동시에 여러 명에게서 대답을 듣게 될 경우, 제대로 전달이 되지 않을 수도 있었다.

성준의 말에 나이가 지긋한 노인이 차분한 표정으로 손을 들어 올렸다. 상처를 치료받아서 그런지 크게 경계하지 않는 듯했다.

"제가 아는 것이라면 대답해 드리겠습니다."

노인이 말했다.

"무슨 일이 있었던 겁니까?"

"병사들이 찾아와서 이곳 사람들을 징병했습니다. 반항하는 사람들은 죽였습니다. 저희도 가족을 뺏기지 않으려고 발악하다가 이렇게 된 겁니다."

"남은 사람이 얼마 없는데, 설마 여자들과 노인들도 징병된 겁니까?"

성준이 물었다. 빈민가를 둘러 보았지만 숨어 있는 사람들은 눈앞에 보이는 이들이 전부인 것 같았다.

"저희가 저항을 하니까, 여자들과 노인들도 징병했습니다. 심지어 어린아이들도……."

노인은 분한 마음에 말을 끝맺지 못했다. 그는 오랜 세월 제국의 빈민으로 살아왔다. 그래서 제국에서 빈민이 가지는 위치를 알고 있었다.

보통 전쟁에서 빈민들이 동원되면 짧은 훈련을 받은 뒤, 창과 방패만 보급받아서 최전방으로 이동하게 된다. 갑주조차 지급되지 않는다.

"얼마나 되었습니까?"

"3일 정도 된 것 같습니다."

성준은 고개를 저었다. 3일이라면 꽤 먼 거리를 이동했을 게 분명했다. 근처에 있다면 도움을 주고 싶지만, 정보 수집을 포기하고 도시를 이탈할 생각은 없었다.

-주군. 다수의 병력이 접근하고 있습니다.

리슈발트가 말했다.

성준은 입술을 살짝 깨물었다. '힐링 스프레이'로 인한 신성 력의 발현을 도시 경비대 쪽에서 감지한 모양이었다. 대부분 징병되고 다 죽어가는 이들만 남은 빈민가에서 신성력이 사용 되었으니, 수상하다고 생각하고 병력을 보낸 듯했다.

"제 뒤로."

"무, 무슨 일인가요?"

성준의 표정이 심각해지고 분위기가 변하자 사람들이 동요 했다. 사람들이 더 크게 동요할 수도 있기 때문에 바로 '로엘'을 검으로 변형하지는 않았다.

"경비대가 이쪽으로 오고 있는 것 같습니다."

"겨, 경비대?"

사람들의 안색이 창백해졌다. 이윽고 성준의 시선이 향한 곳에서 기사와 경비대원들이 몰려오고 있었다.

"거기 사제! 설마 빈민 쥐새끼들을 치유해 준 거냐?"

기사가 날카로운 목소리로 말했다.

초면부터 쏟아진 반말에 성준은 눈살을 찌푸렸다.

"그렇다면?"

"영주님의 명령을 듣지 못한 것이냐?"

"나한테 명령을 내릴 수 있는 사람은 어디에도 없어."

"변형."

짧게 시동어를 내뱉자 어느새 오른손에는 검으로 변형된 로엘이 들려 있었다. 무장을 끝낸 성준을 향해 기사와 병사들이 무기를 겨눴다.

아직 성준이 '하얀 악마'라는 사실은 눈치채지 못한 것 같았다.

-여단 소속의 기사는 아닌 것 같군요.

리슈발트의 말에 성준은 고개를 작게 끄덕였다.

하얀 악마에 대한 정보는 통제되고 있었으니, 여단 소속이 아닌 평기사가 모르는 건 이상한 일이 아니었다. 다만, 사제가 검을 들고 있는 흔치 않은 모습에 호기심이 깃든 시선을 보냈다.

"거기 사제! 진심이냐?"

기사도 검을 뽑아 들었다. 경비병들도 긴장한 표정으로 성준을 향해 창을 겨눴다.

"진심이야."

성준이 대답했다.

"사제가 검을 들다니…… 제대로 미쳤군."

마력을 숨기고 있는 탓일까? 기사는 성준을 얕보고 있었다.

"내가 사제로 보이나?"

"장난칠 생각은 그만두는 게 좋을 거다!"

기사가 위협적으로 검을 휘두르며 외쳤다. 칼날에 오러가 깃들었다. 오러를 켠 이상 대화를 이어가는 것은 무의미했다.

성준은 차분한 표정으로 발걸음을 뗐다. 그것이 기사가 마지막으로 본 광경이었다.

"쿨럭!"

시야가 어두워졌다. 기사는 붉은 피를 쏟아내며 쓰러졌다.

"일단 한 명."

성준은 검에 묻은 피를 털어냈다. 남은 이들은 전부 병사들이었다. 중무장 상태도 아니었기 때문에 굳이 오러를 사용할 필요도 느끼지 못했다.

"기, 기사님이?"

"죽여! 커헉!"

지휘관이 뒤늦게 검을 뽑아 들었다. 그리고 죽었다.

성준이 검을 휘두를 때마다 병사들은 힘없이 쓰러졌다.

일반 병사들이 최고 기사, 로우켈의 환생인 성준의 상대가 될 리가 없었다. 순식간에 경비병들이 전멸했다.

"조금 과했나……?"

-전혀 그렇지 않습니다. 제국의 명예를 실추시킨 이들이니 죽어 마땅합니다.

"조용히 지나가려고 했는데, 이렇게 되어버렸네. 이왕 이렇게 된 거 더 참견해도 괜찮겠지?"

리슈발트에게 질문을 던지는 것처럼 말했지만 사실 답은 정해져 있었다.

-모든 것은 주군의 뜻대로.

"영주 얼굴이나 보러 가자."

성준이 말했다. 이번 기회에 이름을 알리는 것도 나쁘지 않을 것 같았다.

그는 영주성을 향해 발걸음을 옮기기 전에 고개를 돌려 빈민가의 사람들을 향해 시선을 옮겼다.

성준의 시선이 닿자 두려움에 질려 경직된 표정으로 마른침을 삼키는 이들이 대부분이었다.

순식간에 기사와 경비병들을 죽인 성준의 모습을 보고 공포를 느낀 것이었다.

"숨어 있는 게 좋을 겁니다."

그 말을 끝으로 영주성을 향해 달리기 시작했다. 빈민들에 대한 호의는 여기까지.

영주를 만나러 가는 이유도 그들 때문이 아니었다. 그저 제국의 명예를 실추시키는 이들에 대한 정의로운 심판을 위해서였다.

-이제 곧 내성입니다.

외성과 달리 내성부터는 검문을 받아야만 통과할 수 있다. 하지만 성준에게 문제 될 건 없었다.

'죽이면 된다.'

기사 한 명이 경비병 셋과 함께 내성의 성문을 지키고 있었다. 빠른 속도로 스쳐 지나가며 검을 휘두르자 그들은 피를 쏟으며 쓰러졌다.

굳이 오러를 사용할 필요도 없었다. 내성의 성문을 돌파하여 중심부를 지나갈 때까지 방해는 없었다.

하지만 누군가 시체를 발견한 것인지 경종이 울렸고 병력이 소집되기 시작했다.

"리슈발트. 정찰을 부탁할게."

도시는 난리가 났지만, 성준은 느긋하게 걸음을 옮기면서 리슈발트에게 정찰을 부탁했다.

리슈발트는 대답 대신 고개를 한 차례 끄덕이고는 정찰 행동에 나섰다.

내성 중심부에서 영주성을 향해 부지런히 발걸음을 옮긴 지 30분 정도가 지났을까? 리슈발트가 돌아왔다.

-정찰을 끝냈습니다.

"어때?"

-이미 영주성의 성문 주위로 다수의 무장 병력이 배치되어 있습니다.

"규모는?"

-A급이 30명 정도에, S급이 2명입니다. 그리고 영주성 안에서 SS급과 S급이 각각 1명씩 중요 거점을 지키고 있습니다.

지금 제국은 왕국 연합과 전쟁 중인 상황이었고 긴급하게 집결한 병력이라는 것을 생각해볼 때 결코 적은 전력은 아니었다.

하지만 그렇다고 해서 성준의 상대가 될 정도는 결코 아니었다.

"병사들의 수는?"

-1천입니다.

"많이도 모았네."

성준은 질린 표정으로 고개를 저었다.

그래도 도시라서 그런지 1천의 병력을 집결시키는 것은 어렵지 않았던 모양이었다.

-정면 돌파할 생각이십니까?

리슈발트가 물었다.

성준은 고개를 끄덕이며 입을 열었다.

"압도적인 힘으로, 오늘 '하얀 악마'를 제국에게 제대로 알릴 생각이야."

-역시 주군이십니다! 좋은 생각입니다!

리슈발트는 언제나처럼 감탄했다. 영주성이 멀지 않았다. 성준은 계속해서 걸었다.

-더 빨리 가야 하지 않겠습니까?

"일부러 천천히 가는 거야."

-괜찮으시겠습니까?

"리슈발트. 너, 나를 못 믿는 거야? 잔챙이들은 수천 명이 몰려와도 상관없어. 다 죽여 버리면 돼."

성준은 입꼬리를 끌어 올렸다. 이윽고 영주성이 모습을 드러냈다.

-S급 1명은 대마법사입니다.

리슈발트가 대마법사의 존재를 경고했다. 성준은 대답 대신 고개를 끄덕였다. 그러고는 영주성을 향해 달리기 시작했다.

"적이다!"

"공격!"

궁병대가 화살을 쏘았다. 마법사 부대에서 공격 마법이 쏟아졌다. 하지만 이미 그곳에 성준은 없었다.

블링크로 순식간에 전열과의 거리를 좁힌 것이었다. 동시에 검을 크게 휘둘러 참격을 날렸다.

"오, 오러 참격이다!"

"엎드려!"

"크아아악!"

그나마 신체 능력이 뛰어난 기사들은 간신히 목숨을 건졌지만, 병사들은 운이 좋지 않았다. 수십 명이 상체와 하체가 절단되어 피를 쏟아냈다.

"큭?"

검을 회수하는 순간, 팔과 다리의 자유가 사라졌다.

-대마법입니다!

리슈발트가 다급한 목소리로 말했다. 대마법사가 마력으로 구속을 시도한 것이었다.

꽤 수준 높은 대마법이었지만 성준은 여유로운 표정이었다.

"드래곤 피어."

로엘에 잠들어 있던 마룡의 영혼이 깨어나 포효했다. 차원을 찢어놓는 듯한 날카로운 울음소리에 1천의 병사들은 저항조차 못 하고 힘없이 풀썩 쓰러졌고 기사들과 마법사들도 경직되어 움직이지 못했다.

"크윽!"

그것은 대마법사 또한 마찬가지였다. 그는 마력을 운용하는 중이었기 때문에 드래곤 피어로 인해 내상을 입고 말았다.

구속 마법은 당연히 해제되었고 입에서는 피 특유의 비릿한 맛이 느껴졌다.

"대, 대마법사님!"

"움직일 수 없습니다!"

"제기랄!"

곁을 지키고 있던 기사들과 마법사들은 당혹감을 감추지 못했다. 아직 경직이 유지되고 있었다. 그것은 대마법사 또한 마찬가지였다. 곧 풀릴 것 같았지만 그동안 눈앞의 적이 가만히 있을 것 같지는 않았다.

"간다."

성준은 차가운 목소리로 짧게 내뱉으며 고속 이동술을 펼쳤다. 일순간에 성벽로에 그의 발이 닿았다.

"제, 제기랄!"

"몸이 움직이지 않아!"

"제발!"

간절히 기도했지만 변하는 것은 없었다. 기사들과 마법사들이 움직이지 못하는 동안 성준은 유유히 걸어와 대마법사의 가슴에 단검을 꽂아 넣었다.

"커헉!"

흉부를 파고든 단검은 심장을 찔렀다. 대마법사는 붉은 피를 토해냈다. 조금 전과는 비교도 되지 않을 정도로 많은 양이었다.

"제…… 기랄…… 대체……."

"제국의 명예를 실추시킨 죄는 죽음으로 갚아야지."

"개…… 소리……."

성준이 단검을 뽑자 대마법사가 힘없이 쓰러졌다. 그의 시체를 내려다보다가 고개를 들어보니 주위에 오러가 깃든 검을 든 기사들과 마법을 캐스팅 중인 마법사들이 가득이었다.

드래곤 피어의 경직에서 다른 이들보다 먼저 벗어난 것을 보니, 리슈발트가 말한 A급의 실력자들이 분명했다. 그들은 제국을 책임지는 정예 전투원들답게 조금 전 성준이 대마법사를 손쉽게 살해했음에도 불구하고 물러서지 않았다.

"물러나면 살려줄 수도 있어."

성준이 말했다.

"웃기지 마라!"

"우리는 영광스러운 제국의 검과 방패!"

"적을 앞에 두고 등을 보이지 않는다!"

반응은 차가웠다.

성준은 짧은 한숨과 함께 고개를 저었다. 제국의 정예 전력을 담당하는 이들은 애초에 말이 통하지 않는다는 것을 잠깐이나마 잊고 말았다.

하지만 그냥 듣고는 넘기지 못할 말이 있었다.

"제국의 영광은 과거의 이야기다. 어리석은 것들아."

성준이 사라졌다. 그리고 성벽 아래, 영주성의 안쪽에 다시 모습을 드러냈다.

"빠, 빠르다……?"

"막아!"

"쿠, 쿨럭!"

성준을 막기 위해 고속 이동술을 펼치려던 기사들과 마법사들이 피를 쏟아내며 쓰러졌다.

"하찮은 놈들……."

몇 명은 살아 있었지만, 굳이 숨통을 끊어놓을 필요를 느끼지 못했다. 어쩌면 몇 명은 살아 있는 게 '하얀 악마'의 이름을 널리 퍼뜨리는 것에 더 도움이 될 것 같기도 했다.

"크아아아악!"

성준의 앞을 막는 이들은 모두 죽임을 당했다. 영주성 수비대는 얼마 버티지 못하고 전멸했다.

마지막으로 저택을 남겨둔 성준의 앞을 막아선 이들은 테렌시아 기사단이었다. 그들은 영주성을 지키는 최후의 보루였다.

"테렌시아 기사단장, 웨스턴이다. 더 이상의 접근을 불허하겠다."

성준의 앞을 막아선 웨스턴이 말했다. 그의 뒤로 20여 명의 기사단원이 흉흉한 살기를 흘리고 있었다.

-SS급의 실력자입니다.

리슈발트가 말했다.

예전이었다면 긴장할 만한 상대였지만 현재 성준의 동조율은 78%로 SSS급의 전투력을 가지고 있는 상태였기 때문에 SS급 정도의 실력자는 어려운 상대로 느껴지지 않았다.

"비켜라. 그러면 목숨만은 살려주겠다."

"그럴 수 없다는 것을 잘 알고 있을 텐데?"

웨스턴이 입꼬리를 끌어 올리며 말했다.

성준은 고개를 저었다. 지방 쪽이지만 제국의 기사단장답게 말이 통하는 상대가 아니었다.

"블링크."

시동어를 내뱉기 무섭게 성준의 몸이 사라졌다. 그의 몸이 웨스턴의 뒤에 나타났다.

성준이 검을 휘두르자 웨스턴은 방패를 들어 올려 방어했다. 오러 블레이드와 오러 실드가 충돌하면서 마력 파편이 사방에 튀었다.

"하하! 고작 이 정도냐?"

"석화."

성준은 대답 대신 눈에 마력을 끌어 올렸다. 그러자 눈에서 붉은 광선이 뿜어져 나와 웨스턴의 이마에 명중했다.

미처 방어할 틈이 없었다.

"기사단장님!"

"석화 저주? 마검사였나?"

웨스턴이 일격에 사망하자 기사단은 혼란에 빠졌다.

성준도 마력을 많이 소모했지만, 기사들은 그 사정을 몰랐다. 그저 정신을 차리고 보니 기사단장 웨스턴이 돌이 되어 있는 상황이었다.

"물러서지 마라!"

"우리는 제국의 기사다!"

"죽더라도 일어서서 죽는다!"

기사들의 오러 블레이드가 성준을 노렸다.

정말 말이 통하지 않는 이들이었다. 성준은 짧은 한숨을 내뱉으며 검을 휘둘렀다.

한 번 검을 휘두를 때마다 기사들이 쓰러졌다. 5초의 시간이 흐르자 그곳에 서 있는 사람은 성준이 유일했다.

-전멸입니다. 주군.

리슈발트가 보고했다. 성준은 만족스러운 표정으로 고개를 끄덕이며 입을 열었다.

"영주 교육하러 가자."

조금은 들뜬 듯한 목소리였다.

테렌시아 기사단을 전멸시킨 시점에서 영주성 내부에 제대로 된 전투 병력은 남아 있지 않았다. 더 이상의 저항은 없었고 성준은 저택의 대문을 넘었다.

도시의 영주인 아벤할 백작은 도망가지 않았다. 겁이 없어서가 아니라, 배치된 무장 병력이 이렇게 순식간에 전멸할 것을 예상하지 못한 것 같았다.

영주성의 성문을 넘고 저택에 도착할 때까지 30분이 걸리지 않았다. 그래도 아벤할 백작은 꼴에 귀족이라고 상황을 지켜볼 생각이었던 모양이었다.

"마, 막아라!"

"크아악!"

저택을 지키고 있던 소수의 기사는 얼마 버티지 못하고 전멸했다.

"리슈발트. 정찰을 부탁할게."

저택에 들어서기 무섭게 성준은 리슈발트에게 정찰을 지시했다. 넓은 저택을 혼자서 수색하는 것은 뛰어난 수준의 기척 감지가 있다고 해도 힘든 일이었다.

리슈발트를 정찰 보냈지만 아벤할 백작을 먼저 발견한 이는 성준이었다.

"왕국 연합에서 보냈나?"

아벤할 백작이 물었다. 태연한 척하려고 노력 중이었지만 긴장한 기색이 역력했다. 영주성의 방어선이 순식간에 돌파당했으니 긴장할 수밖에 없을 것이었다.

"나는 누구의 명령도 받지 않아."

성준은 차갑게 대답하며, 아벤할 백작의 앞에 놓인 의자에 앉았다. 단칼에 목을 벨 생각이었지만 대화를 하면 몇 가지 정보를 얻을 수도 있을 것 같았다.

그는 날카로운 시선으로 아벤할 백작을 한 차례 훑었다. 적지 않은 양의 마력이 느껴졌다.

리슈발트가 굳이 말해주지 않더라도 그가 대마법사라는 사실을 어렵지 않게 추측할 수 있었다. 손가락에 마정석이 박혀 있는 반지를 끼고 있었고, 기사라고 하기에는 신체를 단련한 흔적을 거의 찾아볼 수 없었다.

"왕국 연합 소속이 아니라는 말인가?"

"마음대로 생각해. 어차피 내가 설명해도 믿을 생각은 없는 것 같으니까."

성준은 시원하게 말했다. 굳이 믿으라고 강요하고 싶지는 않았다. 어차피 죽일 생각이었니, 귀찮게 그럴 필요도 없었다.

"나와 대화를 할 생각인가?"

"그렇다고 볼 수 있지."

성준은 입꼬리를 끌어 올리며 고개를 끄덕였다.

"도시 경비대, 그리고 근처에 주둔 중인 지방군의 병력이 곧 도달할 텐데…… 나랑 대화하겠다고? 여유가 넘치는군."

성준을 보며 아벤할 백작은 고개를 저었다. 영주성에 집결했던 인원은 도시 경비대의 전 병력이 아니었다.

시간이 없어서 미처 모이지 못했던 병력이 뒤늦게 영주성을 향해 몰려오고 있었고 인근의 주둔지에서 지방군이 도시 수호를 위해 출정했다.

아벤할은 테렌시아 지방의 도시 중에서도 요충지였기 때문에 근처에 지방군의 주둔지가 있었다.

그들이 도착할 때까지 오래 걸리지 않을 것이다. 어쩌면 워프 마법이나 게이트를 이용해 소수 정예 인원이 먼저 아벤할에 발을 들였을지도 모르는 일이었다.

"다 죽이면 되니까, 상관없어."

그렇게 말하면서 입꼬리를 끌어 올렸다.

아벤할 백작은 섬뜩함을 느꼈다. 자신감의 근원을 알 수는 없었지만 도시 경비대와 영주성 수비대의 병력을 짧은 시간 만에 돌파하고 마침 손님으로 방문해 있던 테렌시아 기사단장과 휘하 기사단원들을 전멸시킨 것을 보면 오만하다고 볼 수는 없을 것 같았다.

"네놈…… 도대체 정체가 무엇이…… 크아악!"

그는 말을 끝내지 못했다. 어느새 손에 단검이 꽂혀 있었다. 너무나 순식간에 벌어진 일이라 뒤늦게 비명을 내지르는 것 외에는 반응조차 할 수 없었다.

"닥쳐. 질문은 나만!"

"이, 이런 미친! 어디 한 번 해보거라! 네놈이 얻어갈 정보는 아무것도 없다!"

아벤할 백작은 격렬하게 저항했다.

-주군. 그래도 제국의 귀족입니다. 쉽게 입을 열지는 않을

것 같습니다.

리슈발트가 말했다.

성준은 입꼬리를 끌어 올렸다. 쉽지는 않겠지만 결국에는 입을 열게 될 수밖에 없을 것이다.

"나를 고문하느라 시간을 낭비하면 너에게도 좋지 않을 텐데? 지금 지방군이 오고 있다고!"

아벤할 백작이 발악하듯 외쳤다. 지방군은 도시 경비대와는 차원이 다를 정도로 무장과 훈련 상태가 좋은 편이었지만 성준은 상관없다는 표정으로 고개를 저으며 짧은 송곳을 꺼내 아벤할 백작의 복부를 찔렀다.

"커헉!"

그것은 고문의 시작을 알리는 신호탄이었다.

"그…… 만…… 궁금한 게 있다면 뭐든 물어보게…… 내가 다 대답해 주겠네……."

고문을 시작하고 1시간 만에 아벤할 백작이 항복을 선언했다.

"빈민들에 대한 징병은 황명인가……?"

"황제 폐하께서는 왕국 연합과의 전선에 추가로 투입할 전력을 필요로 하였네. 그래서 증원군의 편성을 명령하셨다네……."

"어떤 수단과 방법을 동원해도 상관없다고 했겠네?"

아벤할 백작은 시선을 아래로 내리며 입을 열었다.

"그런 셈이지……."

"중원군을 편성하라는 황명이 있었다면 경비대나 지방군에서 병력을 차출하면 될 텐데…… 왜 빈민들을 징병한 거지? 제국의 상황이 그렇게 좋지 않나?"

"마치 다른 대륙에서 온 사람처럼 이야기하는군. 최근 제국 전역에서 반란군이 날뛰고 있다네. 그래서 경비대나 지방군에서 병력을 따로 편성하는 게 쉽지 않았다네……."

"반란군이라고……? 자세히 설명해."

성준이 말했다. 동시에 날카로운 송곳을 들어 올려 보였다. 이상한 말을 하면 가만두지 않겠다는 무언의 압박이었다.

고문을 통해 여러 번 학습을 거친 덕분에 아벤할 백작은 그의 신호를 곧바로 이해했다.

"로우켈이 처형당하고 나서 제국에서 대규모 숙청이 있었다는 것은 알고 있겠지?"

성준은 대답 대신 고개를 끄덕였다. 아벤할 백작은 말을 계속 이어가기 위해 차분한 표정으로 입을 열었다.

"대규모 숙청 이후, 제국 내부의 분위기가 상당히 나빠졌다네. 로우켈을 따르는 사람들이 워낙 많아서 그들 모두를 숙청하지는 못했지만 그래도 많은 이들이 희생되었네. 척살령을 받게 된 일부가 도망쳐서 저항 세력을 만들었는데, 그게 반란군의 시작이었다는군. 나도 이 정도밖에 모른다네……."

긴 설명이 끝났다. 거짓말하는 것 같지는 않았다. 성준은 고개를 끄덕인 뒤, 오러가 깃든 단검으로 그의 목을 그었다.

살갗이 갈라지고 붉은 피가 솟구치면서 아벤할 백작의 숨통이 끊어졌다.

더 이상 아는 게 없어 보였다. 대화를 이어갈 이유가 없었다. 게다가 밖에서 다수의 기척이 느껴졌기 때문에 그들을 맞이해야만 했다.

-반란군과 접촉하는 게 좋을 것 같습니다.

리슈발트가 말했다.

"그래. 이번에는 너무 눈에 띄었으니까, 불청객들만 적당히 처리하고 넘어가자."

-좋은 생각이십니다.

성준의 의견에 리슈발트도 고개를 끄덕이며 동의했다. 제로스의 설명에 따르면 귀환석을 사용하게 되면 잠시 무방비 상태가 되기 때문에 사용 전에 주변의 위험 요소를 모두 정리하는 게 좋았다.

-1차 진입 병력은 특무군 유령 부대인 것 같군요.

은밀하게 숨어서 저택을 포위하는 기척은 리슈발트의 말대로 제국 특무군 유령 부대의 것이 분명했다.

성준은 회수한 단검을 허리에 걸려 있는 검집에 넣었다. 그러고는 아벤할 백작의 시체를 향해 손을 뻗으며 입을 열었다.

"흡수."

-곧 동조율 상승이 있을 것 같습니다.

체력과 마력을 흡수했다. 리슈발트는 동조율의 상승이 얼마 안 남았다고 보고했다.

-확실하지는 않지만 지금 몰려온 적들을 모두 정리하면 동조율이 79%가 될 것 같습니다.

성준은 창가로 발걸음을 옮겼다. 창문 너머로 저택을 향해 포위망을 유지하고 있는 도시 경비대 병력이 보였다.

-테렌시아 지방군의 깃발도 보이는군요. 워프 마법으로 먼저 도착한 정예 병력인 것 같습니다.

"그래. 주력군이 벌써 왔을 리가 없지."

주둔지가 가깝다고는 하지만 벌써 도착할 리가 없었다. 말을 타고 전속력으로 달려온다고 해도 무리였다.

소수 정예 병력이 워프 마법으로 이동한 것이 분명했다. 얼핏 보기에는 워프 마법이 만능 같겠지만 이동 거리에 분명한 제약이 있었다.

-저택 안으로 침투했습니다.

"다섯 명인가……?"

느껴지는 기척은 다섯이었고 특등 살수 1명이 섞여 있었다. 예전이었다면 특등 살수의 기척을 읽지 못했겠지만, 지금은 달랐다. 너무나 선명하게 느껴졌다.

-빠르게 접근 중입니다.

리슈발트의 보고를 들으며, 성준은 검을 들어 올렸다. 눈동자를 움직여 시선을 흩뿌렸다.

유령 부대의 살수들은 기척을 완전히 숨겼다고 생각한 것인지 대담하게 거리를 좁혀왔다.

'얕보였나⋯⋯?'

숨겨둔 마력을 개방할까 생각했지만, 곧 고개를 저었다. 과소평가 당해서 방심을 유도하는 게 훨씬 전투에 도움이 된다.

"왔다⋯⋯!"

성준은 뒤를 향해 몸을 돌리며 검을 휘둘렀다.

"어⋯⋯?"

암살자의 허리가 잘리면서 은신이 해제되었다. 붉은 피가 솟구쳤다. 하체와 분리된 상체가 피를 쏟으며 바닥에 나뒹구는 순간, 은신의 장막을 뚫고 4개의 칼날이 급소를 노렸다.

"폭풍검."

"크아아악!"

"커헉!"

검을 회수하며, 동시에 검술을 펼쳤다. 붉은 피가 튀었다.

암살자 둘이 고통에 찬 비명을 내지르며 쓰러졌다.

-일등 살수 둘을 처리했습니다!

특등 살수와 일등 살수가 한 명씩 남았다. 성준의 폭풍검을 방어했을 뿐만 아니라, 동료 둘이 쓰러졌음에도 불구하고 눈길 한 번 주지 않고 공격을 속행했다.

성준이 검을 휘둘렀다.

치열한 공방 끝에 일등 살수 한 명이 힘없이 쓰러졌고 특등 살수 홀로 남았다. 같이 침투한 부하들이 모두 죽어 쓰러졌지만, 공격과 방어에는 흔들림이 없었다.

'설마 했는데…… 하얀 악마였나……?'

특등 살수는 이를 악물었다. 눈앞의 상대가 정말 '하얀 악마'라면 희망을 버려야만 했다.

'황제 폐하를 위해 시간을 끌 수밖에 없겠군.'

"무슨 생각하는지 다 보여."

의도가 뻔히 보였다.

성준은 특등 살수를 향해 과감히 몸을 던지며 검을 휘둘렀다. 그 결과 왼팔이 날아갔지만, 특등 살수의 목에 검을 꽂아 넣을 수 있었다.

"여, 여기서 동귀어진을……!"

"잊지 마라, 나는 힐러야."

특등 살수의 숨이 끊어진 것을 확인한 성준은 힐로 잘린 팔을 붙였다. 비공식적인 SSS급 회복계 헌터에게 있어서 어려운 일은 아니었다.

"흡수."

성준은 그들의 시체에 흡수를 사용했다. 소모된 체력과 마력의 일부가 회복되면서 특유의 충만감이 느껴졌다.

-동조율 79%가 되었습니다.

"리슈발트. 밖은 어때?"

-침입할 생각이 없는 것 같습니다. 귀환석을 사용해도 될 것 같습니다.

창문 밖의 상황을 살피고 있던 리슈발트가 대답했다.

성준은 고개를 끄덕이고는 귀환석을 꺼내 마력을 주입했다. 포위망을 유지하고 있던 병력이 수상한 낌새를 느끼고 진입했을 때 저택에 살아 있는 '사람'의 모습은 찾아볼 수 없었다.

"기사 여단에 '하얀 악마'의 출현을 보고해라."

"알겠습니다."

전투 흔적을 살핀 대마법사의 말에 젊은 기사는 고개를 끄덕이며 마법 통신석을 꺼내 들었다.

정신을 차렸을 땐 지하에 위치한 제로스의 마법 공방이었다.

"후우!"

성준은 심호흡을 끝내는 것과 함께 차원 관문에서 내려왔다. 벽 너머에서 인기척이 느껴지더니 이윽고 제로스가 나타났다.

그는 성준을 발견하더니 서둘러 거리를 좁혀왔다.

"강성준 경! 그리운 고향은 어땠습니까?"

"생각보다는 별로였어."

가장 가까운 곳에 있는 의자에 앉으며 성준은 대답했다. 심상치 않은 분위기를 풍기는 성준의 모습에 제로스의 표정도 덩달아 심각해졌다.

"무슨 일이 있었던 겁니까?"

"이야기가 길어질 것 같은데, 마실 거라도 줄래?"

"기꺼이 드리겠습니다."

제로스는 간단한 마법으로 시원한 음료를 소환하여 건넸다. 그것을 받아든 성준은 단숨에 입안에 쏟아낸 뒤, 아벤할에서 있었던 일을 설명했다.

"빈민들에 대한 강제 징병이라니…… 제국의 사정이 생각보다 좋지 않은 모양이군요."

"반란군의 규모가 작지 않은 모양인 것 같아. 그리고 최근 왕국 연합과의 전선 상황도 좋지 않다더라."

왕국 연합을 상대로 승전을 이어오던 제국은 리디크 평원에서의 패전 이후, 전선에서 조금씩 밀리기 시작했다.

전황이 좋지 않아지자 해방군 역시 다시 날뛰기 시작했고 제국은 기존의 정규 병력만으로 안과 밖의 전선을 유지하기 힘든 상황이 찾아오고야 말았다.

"이제 어떻게 할 생각이십니까?"

제로스가 조심스럽게 질문을 던졌다. 그는 지금부터 성준이 보일 행보가 중요하다고 생각하고 있었다.

성준이 곧바로 대답하지 않자 제로스는 음료를 한 모금 마신 뒤, 차분한 표정으로 입을 열었다.

"제 개인적인 의견을 말해도 되겠습니까?"

"나야 고맙지. 말해봐."

성준은 흔쾌히 고개를 끄덕였다.

제로스의 입가에 선명한 미소가 번졌다.

"저는 반란군과 접촉하는 것도 나쁘지 않다고 생각합니다. 대규모 숙청 이후 만들어졌고 제국에 반감을 가지고 있으니, 로우켈 경의 측근이 일으킨 세력일 확률이 매우 높습니다. 그렇다면 로우켈 경의 제자인 강성준 경에게도 호의를 가지고 있겠죠. 그들과 손을 잡는다면 강대한 제국을 무너뜨리는 게 가능할 겁니다."

"틀린 말은 아니야. 그래도 확신하기에는 아직 일러. 당분간 이계를 왕복하면서 상황을 조금 더 지켜볼 필요가 있을 것 같아."

"역시 강성준 경이십니다. 로우켈 경의 제자답습니다. 저는 다시 한번 감격했습니다."

제로스가 밝게 웃으며 말했다.

거짓말 섞인 아부는 아니었기에 성준도 만족스러운 표정으로 고개를 끄덕였다.

"내가 없는 동안 특별한 일은 없었지?"

"그러고 보니 작은 이슈가 하나 있었던 것 같습니다. 박정철 씨를 찾아가면 자세한 이야기를 들을 수 있을 겁니다."

성준은 고개를 끄덕인 뒤, 정철이 있는 B동으로 발걸음을 옮겼다. B동의 서재에서 정철이 그를 기다리고 있었다.

제로스는 작은 이슈라고 했지만, 정철의 표정은 제법 심각 했다.

"무슨 일이야?"

"아직 확실하게 드러난 건 아니지만 아무래도 정황상 로드 길드에 대한 견제가 시작된 것 같습니다."

"견제라고……?"

기분 나쁜 소식이었다.

"어떤 식으로 견제가 들어오고 있는데?"

"S급 이상의 던전을 독점하려는 움직임이 보이고 있습니다. 청 룡 그룹 쪽에도 여러 면으로 견제가 시작되고 있다고 하더군요."

"던전 독점 시도랑 청룡 그룹에 대한 견제라…… 그러면 적 어도 5개 이상의 상위권 길드와 하나 이상의 대기업이 관여하 고 있을 확률이 높겠네."

"저도 그렇게 생각합니다."

성준의 말에 정철이 고개를 끄덕이며 긍정했다.

"여기 자세한 내용을 기록한 보고서입니다."

다섯 페이지 정도 되는 분량이었다. 성준은 빠르게 속독했다. 정보기관 출신답게 정철이 작성한 보고서는 잘 정리되어 있었다.

마지막 페이지까지 읽은 성준은 차가운 표정으로 입을 열었다.

"도대체 누가 겁도 없이 이딴 짓을 하는 거지?"

"제가 정보원들을 동원해서 알아보고 있습니다. 조만간에 배후가 밝혀질 겁니다."

"그래. 네가 수고 좀 해줘."

"걱정하지 않으셔도 좋습니다. 이런 쪽의 일 처리에는 익숙하니까요. 최대한 빨리 정보를 모아오겠습니다."

정철은 자신감 넘치는 목소리로 대답했다. 그는 이 분야의 전문가였으니 크게 걱정할 필요는 없을 것 같았다.

"과격하게 나오지는 않겠지?"

"아무리 그래도 '로드'는 대한민국 유일의 SS급 헌터가 있는 길드입니다. 정부의 시선도 있으니 과격한 방법을 사용하지는 않을 겁니다. 던전 독점 문제나 여론 조작 쪽은 제가 최선을 다해서 대응하겠습니다."

연합 위원회의 힘을 사용하고 싶었지만, 그들은 '이계'와 연관되어 있는 사건에만 움직인다. 그렇기 때문에 이번에는 정철에게 맡길 수밖에 없었다.

"이 문제는 맡길게. 나는 설아 씨를 만나러 가야겠어."

"부럽습니다."

정철은 미소를 지으며 말했다. 바보가 아닌 이상 성준과 설아의 사이에서 흐르는 기류가 변했다는 것을 모를 리가 없었다.

"그런 거 아니고 일 때문에 가는 거야."

"네. 잘 알겠습니다."

뭐가 그렇게 재밌는 것인지 정철은 히죽거리며 웃었다.

그 모습을 보며 성준은 고개를 저으며 서재를 떠났다. 간단한 준비를 끝낸 뒤, 설아에게 전화를 걸었다.

-여, 여보세요? 성준 씨예요?

스마트폰 너머로 반가움이 가득한 설아의 목소리가 들려왔다. 한창 바쁜 시간일 텐데 금방 전화를 받자 성준의 입가에도 미소가 번졌다.

"지금 회사에 가도 돼요?"

-네! 성준 씨라면 언제라도 괜찮아요! 그런데 무슨 일이에요?

"몇 가지 물어볼 게 있어서요. 통화로 하는 것보다 직접 만나서 이야기하는 게 좋을 것 같네요."

-네! 기다리고 있을게요!

성준은 설아의 대답이 끝나기 무섭게 통화를 종료했다. 그리고 경호원이 운전하는 차를 타고 청룡 그룹 본사 건물로 향했다. 얼마 지나지 않아서 도착한 성준은 경호원에게 대기할 것을 지시하고는 건물 안으로 발걸음을 옮겼다.

1층 로비에 도착한 그는 설아의 모습을 찾을 수 있었다.

"설아 씨."

성준이 설아를 불렀다.

"아!"

그녀는 자신을 부르는 반가운 목소리에 고개를 돌리며 환하게 웃었다.

성준은 그녀를 향해 발걸음을 옮겼다.

"기다리고 있었던 거예요?"

"네. 통화가 끝나고부터 계속이요."

설아의 대답에 성준은 고개를 저었다. 예상보다 빨리 도착했다고는 하지만 서서 기다리기에 짧은 시간이 아니었을 것이었다.

"올라가죠. 할 이야기가 있어요."

대답 대신 그녀는 고개를 끄덕이며 성준의 손을 잡고 승강기로 안내했다. 워낙 자연스러운 신체 접촉이라서 성준도 미처 인지하지 못할 정도였다.

승강기를 타고 그녀의 사무실이 있는 층에 도착했다.

"이쪽이에요."

설아가 먼저 발걸음을 옮기며 안내했다. 이윽고 그녀의 사무실에 도착했다.

성준이 먼저 자리에 앉자 설아는 그를 마주 볼 수 있는 곳에 앉았다.

"청룡 그룹은 별일 없어요?"

"네. 괜찮아요."

희미한 미소와 함께 대답했다. 성준의 걱정거리를 늘리고 싶지 않은 마음에 그렇게 말한 듯했다.

표정을 관리하는 실력이 늘었지만 유감스럽게도 성준은 정철에게 청룡 그룹에 대한 견제가 시작된 것 같다는 이야기를 듣고 온 상태였다.

"정철이한테 다 듣고 왔으니까 말해도 돼요."

성준이 말했다.

그제야 설아는 차분한 표정으로 입을 열었다.

"아무래도 성골 그룹에서 손을 쓴 것 같아요."

"성골 그룹이면…… 대한민국에서 세 번째로 크다고 평가받는 대기업 맞죠?"

"네. 맞아요."

설아는 짧은 한숨과 함께 고개를 끄덕였다.

"청룡 그룹에 견제를 시도한 걸 보니까, 조력자가 있는 모양이네요."

성준이 말했다. 정철에게 설명을 듣고 생각했던 것처럼 상위권 이상이 위치한 다섯 개 이상의 길드가 성골 그룹과 손을 잡은 것 같았다.

"회장님께서는 뭐라고 하시던가요?"

"할아버지는 요즘 건강이 나빠지셔서 쉬고 계세요."

"그럼 그룹의 전반적인 업무는 누가 처리합니까?"

"제가 보고 있어요."

과거에만 해도 설아는 청룡 그룹의 회장, 윤태석에게 크게 신뢰받지 않는 위치였다.

하지만 그녀가 성준을 만나고 여러 사업에서 좋은 성적을 거두기 시작하면서 태석의 믿음도 두터워졌다. 지금에 와서는 설아가 임시로 회장의 업무를 맡을 정도로 청룡 그룹 내에서의 입지가 좋아졌다.

"성골 그룹에 조력하고 있는 길드들은 아직 파악되지 않았죠?"

성준이 물었다.

적이 누군지 알아야 대응할 수 있다. 이제 섣부르게 움직여서는 안 된다는 것을 그는 알고 있었다.

"아직은 밝혀진 건 없어요."

"배후가 밝혀지면 저한테 바로 연락을 주세요."

"어떻게 할 생각이세요?"

설아의 물음에 성준은 입꼬리를 끌어 올렸다.

"처리해야죠."

피어오르는 살기를 애써 진정시켰다.

소드마스터 힐러님 10

"안현태 회장님. 모든 준비가 끝났습니다."

안경을 낀 차가운 인상의 비서가 다가와 보고했다.

창가에 서서 서울의 야경을 감상하고 있던 현태는 입꼬리를 끌어 올렸다.

"드디어…… 때가 되었나……?"

아버지인 안현규가 사고로 갑작스럽게 목숨을 잃으면서 성골 그룹의 회장직을 물려받았다. 여러 복잡한 절차가 있었지만, 현규가 생전에 잘 준비해 둔 덕분에 큰 장애물 없이 40대 중반이라는 비교적 젊은 나이에 대기업 회장의 자리에 앉을 수 있었다.

"철저하게 준비했겠지?"

"문제없습니다. 3번 확인했습니다."

비서는 손가락 3개를 펴 보이며 대답했다.

현태는 만족스러운 표정으로 고개를 끄덕였다. 모든 준비가 끝났으니 이제 이동할 차례였다.

"가자."

"수행하겠습니다."

현태가 발걸음을 옮기자 비서가 뒤따랐다.

"다들 오고 있나?"

"네. 조금 전에 출발했다는 보고를 받았습니다."

비서의 보고를 들으며 분주히 발걸음을 옮긴 끝에 두 사람은 준비된 '룸'에 도착할 수 있었다. 일반인이라면 앞이 잘 보이지 않을 정도로 조명이 어두웠지만, B급 마법계 헌터인 현태는 불편함을 느끼지 못했다.

"조명을 조금 더 밝히는 게 좋지 않겠습니까?"

비서는 일반인이었다. 그의 눈에는 조금 어둡게 보일 수도 있을 터였다.

"이 정도면 충분해. 어차피 '손님'들 중에 '일반인'은 없으니까."

"알겠습니다. 조명은 이대로 유지하겠습니다."

"그래. 접대에 쓸 '물건'의 점검은?"

현태가 물었다. 제일 중요한 거였다.

"3번 점검했지만, 아직 시간이 있으니…… 한 번 더 확인해 보겠습니다."

"확실하게 점검하는 게 좋을 거다. 헌터들은 돈으로 매수하는 게 쉽지 않거든."

현태의 눈동자가 싸늘하게 빛났다. 그는 의미를 짐작할 수 없는 사악한 미소를 흘리며 입을 열었다.

"'여자'가 그나마 먹히지."

2장
사악한 계략

호텔 입구에 고급 외제차가 도착했다. 운전석에서 정장을 갖춰 입은 남성이 내리더니 뒷좌석의 문을 열었다.

"헌터님. 도착했습니다."

정중한 말투는 한눈에 보기에도 상전을 모시는 모습이었다. 이윽고 뒷좌석에서 거만한 표정의 남자가 내렸다.

비열한 인상을 그는 대한민국 S급 헌터 랭킹 2위인 안준석이었다. 그는 차분한 시선을 흩뿌리며 입을 열었다.

"왜…… 내가 여기까지 와야 하는 거지? 귀찮게 말이야……."

"성골 그룹 회장의 부탁이었습니다. 단순한 요청이 아니라 '부탁'이었으니…… 헌터님에게 도움이 될 만한 제안을 할 확률이 매우 높습니다."

비서가 말했다.

"최상위권 길드장들이 온다고 해서 오긴 했는데, 귀찮네……
재미없는 이야기나 하지는 않겠지."

"헌터님께 분명 도움이 될 겁니다. 적어도 저는 그렇게 생각
합니다."

"일단은 상황을 지켜볼 생각이다."

호텔의 로비로 향하는 준석의 시선에서 싸늘한 살기가 느껴
졌다.

"저는 여기까지입니다. 로비에서 대기하고 있겠습니다."

"그래."

대답을 끝내기 무섭게 현태가 보낸 안내인이 도착했다. 그
는 준석을 호텔 지하의 비밀스러운 공간으로 초대했다.

"여깁니다."

안내인이 문을 열었다. 준석은 대답도 하지 않은 채 어두운
내부로 발걸음을 옮겼다. 룸 안에는 10명이 모여 있었다.

그들의 얼굴을 차례대로 살핀 준석은 흥미로운 표정으로 입
을 열었다.

"대한민국 최상위 길드장 10명이 모두 모여 있네? 이건 조금
흥미로운데?"

"앉아주겠습니까? 안준석 씨를 기다리느라, 대화가 진행되
지 않았습니다."

"불사조 길드장 강성수? 너무 재촉하진 말고…… 지금 앉을 거니까……."

말을 건 사람은 불사조 길드장이면서 대한민국 S급 랭킹 8위의 헌터, 강성수였다.

준석은 차분하게 대답하는 것과 동시에 차가운 살기를 흩뿌리며 자리에 앉았다.

"재미없습니다. 자제하세요."

성수도 가만히 있지 않았다. 날카로운 마력이 섞인 살기가 허공에서 충돌했다. 보이지 않는 힘겨루기가 시작되었다.

다른 길드장들은 흥미로운 표정으로 구경했다.

"큭……."

성수가 신음을 내뱉으며 물러나는 것으로 결판이 났다. 그는 분한 마음에 피가 새어 나올 정도로 입술을 깨물었다.

"랭킹 8위 주제에 나대지 마라. 강성수."

목소리에서 들뜬 감정이 고스란히 드러났다. 준석은 대놓고 비아냥거리며 입꼬리를 끌어 올렸다.

성수에게 굴욕을 주기 위해서 작정한 모양이었다. 애초에 준석의 성격은 그다지 좋은 편이 아니었다.

"이런 개 같은……."

"말 가려서 해라. 너 그러다 뒈져. 불사조 길드가 널 보호해 줄 수 있을 거라고 생각해? 대한민국 1위 길드라도 내가 한 달이면 박살 낸다."

준석은 다시 한번 살기를 끌어 올렸다. 성수는 고개를 숙일 수밖에 없었다. 썩은 표정을 숨기기 위해서였다.

"아, 안준석 씨……. 우선은 진정하시지요."

분위기가 가라앉았다. 결국, 현태가 나섰다.

그는 B급 마법계 헌터에 불과했지만, 대한민국 9위의 성골 길드장이자 동명의 대기업 회장이었다.

곧 준석의 시선이 현태에게 향했다.

"이번에는 회장 얼굴 봐서 그냥 넘어간다."

"하하하! 감사합니다!"

현태는 호탕하게 웃으며 준석의 잔을 채워주었다.

그는 사회에서 높은 위치였지만 준석은 성준과 한석을 제외하면 대한민국 헌터계의 최강이었다. 함부로 할 수 없었다. 대기업 회장 역시 굽신거릴 수밖에 없었다.

"그나저나 우릴 부른 이유가 뭡니까?"

까칠한 목소리의 주인공은 S급 헌터 랭킹 3위의 한선우였다. 그는 대한민국 2위 길드인 여명의 길드장이기도 했다.

"너무 급하게 생각하지는 마시고……."

현태는 입구에서 대기하고 있는 비서에게 눈빛으로 신호를 보냈다. 그러자 비서는 고개를 끄덕이고는 룸을 떠났다.

10분 정도의 시간이 지나가 다시 문이 열리고 비서가 들어왔다. 그는 혼자가 아니었다.

그의 뒤로 짙은 화장을 한 여자들이 따라 들어왔다. 모두 11명이었다. 룸 안에 있는 헌터들의 수도 10명의 길드장과 준석을 포함해서 11명이었다.

"물 좋네. 연예인들이야?"

누군가 호기심을 보이며 말했다. 관심을 보였다는 것은 긍정적인 징조였다.

현태는 희미한 미소를 머금은 채 입을 열었다.

"연예인 맞습니다. S급은 아니지만 A급으로 준비했지요!"

"그래? 요즘 TV를 잘 안 봐서 몰랐네."

"괜찮으시다면 안준석 씨 먼저 파트너를 고르시는 게 어떻겠습니까?"

현태의 말에 준석은 입꼬리를 끌어 올렸다. 얼굴에 탐욕이 가득했다. 모두 파트너를 한 명씩 골랐다.

현태의 적당한 센스 덕분에 불만은 나오지 않았다. 오늘을 위해 그는 철저히 그들의 취향을 조사했던 것이었다.

술자리가 시작되고 1시간 정도가 지났다. 얼음 같은 냉기가 흘렀던 처음과 달리 분위기가 좋았다.

현태는 이리저리 눈치를 살피다가 조심스럽게 입을 열었다.

"요즘 강성준 그놈…… 건방진 것 같지 않습니까?"

그는 '강성준'을 화제로 꺼내 들었다. 술을 마시며 여자들과 놀고 있던 길드장들의 시선이 현태에게 모여들었다. 그중 준석의 시선이 가장 강렬했다.

"강성준이라고 했나? 재미없으면 너 죽을 수도 있어."

"하하하. 충분히 흥미가 있을 겁니다."

"말해봐."

준석이 말했다. 성준과 감정이 좋지 않은 준석은 음성에서 살기가 스며 나오는 것을 자제하지 않았다.

현태는 마른침을 삼키며 긴장감을 녹여야만 했다. 타이탄 길드장이자 A급 헌터인 임형석이 마력을 일으켜 살기를 상쇄했다.

준석이 전력을 다하지 않았기 때문에 가능한 일이었다.

"강성준을 가만히 놔둘 생각이십니까? 이대로라면 SSS급 헌터가 되어서 대한민국을 지배할 겁니다. 그런 전개를 바라는 건 아니겠죠?"

"그래서 하고 싶은 말이 뭐야? 본론부터 말해."

"슬슬 처리해야 하지 않겠습니까?"

"처리라면 어떤 방법을 말하는 거지?"

준식이 물었다. 흥미가 생긴 것인지 입가에 차가운 미소를 머금고 있었다.

"어떤 방식으로든, 제지해야 하지 않겠냐는 겁니다. 이대로 강성준이 대한민국을 집어삼키는 걸 두고 볼 생각입니까?"

이익과 관련된 일이니, 신경이 쓰일 수밖에 없었다. 준석이 관심을 보이는 듯하자 현태는 마치 악당처럼 사악한 미소를 흘리며 입을 열었다.

"강성준이 SS급 헌터라고는 하지만 우리들이 힘을 모으면 그를 끌어내리는 게 불가능한 일은 아닙니다."

악마의 속삭임이었다. 준석은 성준에 대한 감정이 좋지 않았기 때문에 솔깃할 수밖에 없었다.

현태는 현란한 말솜씨를 발휘하여 준석을 현혹하려 노력했다. 10분간의 설명이 끝나고 그는 자신만만한 표정으로 술잔을 기울였다.

"이미 최상위권 길드 다섯 곳에서 힘을 보태고 있습니다. 견제는 이미 시작되었지요."

"내가 합류하면 강성준을 박살 낼 수 있는 건가? 확신할 수 있어?"

"저는 확신할 수 있습니다."

현태는 입꼬리를 끌어 올리며 다시 10분간 자세한 계획을 설명했다. 어느새 준석은 완전히 넘어가 있었다.

"계획이 생각보다 괜찮네? 회장, 제법이야?"

"칭찬…… 감사합니다……."

"나한테도 이점이 있는 거겠지?"

"물론입니다. 강성준을 처리하고 나면 길드에서 바로 나가서도 상관없습니다."

현태는 자신감 넘치는 목소리로 대답했다. 조금 전에게 말한 임시 계약 조건도 모두 준석과 아직 합류하지 않은 길드원들에게 유리한 쪽이었다.

"안준석 씨가 합류한다면 저도 참가할게요."

"저희 길드도 같은 생각입니다."

아직 성골 길드의 계획에 동참하지 않은 최상위권 길드장들이 긍정적인 태도를 보였다.

현태는 속으로 웃었지만, 절대 내색하지 않았다. 다른 건 몰라도 표정 관리만큼은 자신 있었다.

"안준석 씨만 동참해 주시 주시면 대한민국의 최상위권 길드 전부가 참가하는 대규모 프로젝트가 됩니다. 이 정도면 SS급 헌터라고 해도 무너지지 않겠습니까?"

현태의 말에 준석은 생각을 정리했다. 고민했지만 성골 길드의 계획에 동참한다고 해서 손해 볼 건 없어 보였다. 대한민국 최상위권 길드 10곳이 힘을 합친다면 성준을 밀어붙일 수도 있다고 생각한 것이었다.

그는 곧 결정을 내렸고 비열하게 웃으며 입을 열었다.

"좋아. 나도 힘을 보태주지."

"감사합니다!"

"그런데 왜 굳이 강성준인지 궁금하군."

"간단한 이유입니다. 그가 너무 크면 청룡 그룹도 같이 성장

소드마스터 할머님 10

하니까요."

현태가 대답했다. 그는 반드시 청룡 그룹을 뛰어넘고 싶었다.

"안준석 씨가 동참하기로 하셨으니 다른 분들께서는……?"

현태의 시선이 다른 길드장들을 훑었다.

"당연히 함께하겠습니다."

"우리 길드도 합류한다."

모두 고개를 끄덕이며 긍정적인 답변을 꺼내놓았지만 불사조 길드장 강성수만큼은 의미를 알 수 없는 복잡한 표정으로 고개를 저었다.

"불사조 길드장님께서는 함께하지 않을 생각이십니까?"

"하하하하하!"

성수는 대답 대신 미친 사람처럼 웃었다. 모두의 시선이 그에게 집중되었다.

"뭐야? 정신 나갔어?"

준석이 날카로운 목소리로 말했다.

그제야 성수는 웃음을 멈추었다.

하지만 여전히 재밌다는 듯한 표정이었다.

"죄송합니다. 너무 재밌는 상황이라서 웃어버렸네요."

"뭐가 그렇게 재밌습니까?"

모여 있는 길드장들 중 한 명이 물었다. 불쾌한 기색이 역력했다. 당연히 그는 현태의 계획에 찬성한 이들 중 한 명이었다.

"다들 김칫국 마시는 모습이 재밌다는 말입니다."

그는 잔에 남아 있는 술을 단숨에 비우고는 자리에서 일어 났다.

"어떤 방식으로 강성준을 처리할 계획인지는 잘 들었습니 다. 하지만 불가능할 거라고 말해두죠. 그 사람은 우리가 생각 하는 것보다 더 위에 있으니까요. 전 뒤에서 구경이나 하고 있 겠습니다."

그 말을 끝으로 성수는 룸을 떠났다.

늦은 밤이었다.

성준은 저택의 테라스에 앉아서 정철과 가볍게 술을 마시 고 있었다. 얼마 전에 보고 받은 청룡 그룹과 로드 길드에 대 한 '견제' 때문에 의논할 게 많았다.

"길드장님께서 말씀하신 대로 현 상황에서 움직이고 있는 길드는 다섯 곳이 맞는 것 같습니다. 그리고 주도하고 있는 대 기업은 성골 그룹일 확률이 높습니다."

정철이 말했다. 아직 다른 최상위 길드들이 본격적으로 움 직이지 않은 상태였기 때문에 정철의 정보망에 포착된 곳은 다섯이 전부였다.

"강성준 씨!"

술을 마시며 대화를 나누고 있을 때였다.

노크도 없이 문이 열리고 제니퍼가 뛰어 들어왔다. 성준과 정철의 시선이 그녀에게 향했다.

"무슨 일입니까?"

정철이 물었다.

제니퍼는 그에게 잠깐 시선을 보낸 뒤, 성준을 보며 입을 열었다.

"이계 잔당의 움직임이 포착되었습니다. 연합 위원회의 첩보 내용으로 볼 때 레이드 상황을 발생시키는 뭔가를 대한민국의 어떤 집단에 넘긴다는 것 같습니다!"

그녀의 말에 성준은 입꼬리를 끌어 올렸다. 뭔가 재밌는 생각이 떠오른 것 같았다.

"지시를 내려주세요. 이든 씨의 팀이 준비되어 있습니다."

제니퍼가 말했다.

미국의 S급 헌터인 이든은 연합 위원이었다. '준비'가 되어 있다는 것으로 보아, 제니퍼가 따로 미국 정부에 요청해 둔 모양이었다. 원래 그녀는 간부가 아니기 때문에 연합 위원에게 별도의 지시를 내리지 못하는 위치였다.

"아니요. 그럴 필요는 없습니다."

"하지만……! 이대로라면 레이드 상황을 유발하는 아이템이 강성준 씨의 적대 세력에 넘어갈 확률이 높습니다!"

제니퍼가 목소리를 높였다.

방치한다면 그녀의 말대로 성준을 적대하는 어딘가의 세력에 차원 관문 생성기, 또는 리오딘 수정이 넘어갈 것이다. 그리고 그것을 입수하는 세력은 현재 상황으로 볼 때 청룡 그룹에 수작을 걸고 있는 성골 그룹과 다른 길드들이 될 확률이 높았다.

'성골 그룹에서 차원 관문 생성기를 사용하면 이계 문제로 번지게 되겠지.'

이계 문제로 판정된다면 성준이 무슨 짓을 해도 여론은 그의 편이 될 것이며, 연합 위원회가 지원을 보내줄 명분도 생긴다.

성준은 사악한 웃음이 터져 나오려는 것을 간신히 참아야만 했다.

"일단은 지켜보기만 하세요."

"하지만 이대로 자칫 잘못하면 대한민국에 대규모 레이드 상황이 발생할 수도 있습니다."

"지금 이계 잔당들에게는 그럴 힘이 없습니다. 그리고 그들한테 협조할 만한 세력이 근원을 색출하는 게 좋다고 생각합니다."

성준은 차분하게 설명했다.

제니퍼는 다른 생각인 것 같았지만 이내 고개를 저으며 설득을 포기했다. 성준의 판단이 틀린 게 아니기도 했지만, 직책상 높은 위치에 있는 사람에게 반대 의견을 고집해서 주장하면 좋지 않다는 것을 잘 알고 있었기 때문이었다.

"나준열 씨에게 감시 인원의 지원을 요청해 둘까요?"

준열은 연합 위원이지만 무장 정보기관, 백호의 수장이기도 했다. 백호는 창설 초기와 달리 연합 위원회의 지원을 받으면서 정보력이 많이 발전했기 때문에 이번 일에 크게 도움이 될 것이었다.

"이번에 움직이는 잔당들의 모든 행동을 감시해야 합니다."

"지금 연락해 두겠습니다."

제니퍼는 특수한 어플을 사용하여 연합 위원회를 통해 준열에게 성준의 지시를 전달했다.

"그럼, 저는 이만……."

제니퍼가 떠났다.

정철은 술잔을 채우더니 차분한 표정으로 입을 열었다.

"갔습니까?"

"충분히 멀어졌으니까, 말해도 괜찮아."

성준이 말했다. 제니퍼의 기척은 이미 저택을 벗어나고 있었다. 대화를 엿듣고 싶어도 불가능할 정도의 거리였다.

"제 개인적인 의견입니다만…… 저쪽에서 레이드 상황을 발생시킬 의도를 가지고 있다면 서두를 필요는 없다고 생각됩니다."

술잔을 비우며 정철이 말했다.

"일이 커질수록 명분이 분명해진다는 뜻이야?"

"그런 셈이죠. 인명이 희생될 수도 있지만 가장 확실한 방법입니다."

"그 정도로 대형사고를 만들 생각은 없어. 명분도 여론에서 우리 편을 적당히 들어줄 정도만 만들어두면 충분해.

지금 정철의 생각은 제국의 전략 전술과 닮아 있었다. 그래서 단호하게 고개를 저을 수 있었다.

"꼭 필요하면 그렇게 해야겠지만 다른 방법도 있으니까…… 일단 상황을 지켜보자고."

성준이 말했다. 대화는 끝을 향해 달려가고 있었고 절반쯤 채워져 있던 술병도 바닥을 보였다.

그는 남은 술을 정철에게 따라 주었다. 빈 잔의 3분의 1 정도를 채우자 술병이 완전히 바닥을 드러냈다.

"오늘은 여기까지."

두 사람이 술잔을 비우는 것으로 대화도 끝이 났다.

연합 위원회는 대한민국의 이계 존재들을 모두 처리했다고 생각했었지만, 잔당은 남아 있었다. 그들의 지휘는 제국 '노블 오더'의 귀족 지휘관, 칼리고 준남작이 맡게 되었다.

"믿을 수 있겠나……?"

눈앞의 부관을 보며 칼리고 준남작이 물었다.

"어차피 저희는 전멸 직전입니다. 저쪽에서는 '하얀 악마'를 견제하거나 처리하려는 의도가 확실해 보이니, 계획을 밀어붙이는 게 좋을 것 같습니다."

부관이 말했다.

"성골 그룹에서 그런 야망을 품고 있을 줄은 몰랐군."

"이해가 가지 않는 것도 아닙니다. 일성 그룹이 몰락했으니, 대한민국의 정점에 오르고 싶었겠죠. 게다가 마침 S급 헌터인 안준석과 다른 최상위권 길드들도 '하얀 악마'를 탐탁지 않아 하던 상황이었던 것 같습니다."

"그런데 하얀 악마의 영향력이 강하니까 쉽게 움직이지 못했었지."

최상위권 길드들은 대한민국에서 영향력이 큰 편이었지만 성준에 비해서는 많이 부족했다. 그래서 단일 세력이나 헌터 개인은 그에게 맞서는 것을 꿈도 꾸지 못했을 것이다.

그러나 이번에 성골 그룹이 과감하게 깃발을 들어 올리면서 불만을 가지고 있던 이들이 뭉치게 된 모양이었다.

"여러 정황으로 볼 때 저희를 유인하는 함정은 아닌 것 같습니다."

부관의 말에 칼리고는 고개를 끄덕였다.

"균열만 있으면 내가 차원 관문 생성을 유도할 수 있겠지만……
부관, 자네도 알다시피 이쪽에서 '유도'를 하면 부담이 너무 크다."

"마력 유동이 크고 시간이 오래 걸려서 발각될 위험이 크기
때문이죠."

부관의 설명에는 틀린 게 없었다.

"맞는 말이다. 그래서 여태껏 이쪽에서 차원 관문을 '유도'한
적은 극히 드물지."

"성골 그룹에서 대규모 호위 병력을 지원해 주기로 했습니다."

"어지간히 하얀 악마를 누르고 싶나 보군."

칼리고는 고개를 저으며 말했다.

"여기는 본국과는 다릅니다. 준남작님."

부관이 대답했다.

"지원될 호위 병력의 규모는?"

"아직 정확한 규모를 전달받지 못했습니다."

"중요한 기회라는 걸 알고 있을 테니까 알아서 보내줄 거라
고 생각되지만 불안하긴 하군."

칼리고는 입술을 깨물었다.

"하얀 악마를 막을 수 있을 정도의 전력을 성골 그룹에서 보
유하고 있을지 걱정되십니까?"

부관이 물었다. 칼리고는 고개를 끄덕이며 입을 열었다.

"지금 성골 그룹에서 동원할 수 있는 길드 전력이 얼마나 된

다고 했지?"

"성골 길드를 포함해 최상위권 길드 9곳이 계획에 동참했다고 합니다."

최상위권 길드 9곳이면 불사조 길드를 제외한 전원이 합세했다는 말이었다. 결코 적은 전력이 아니었다.

하지만 그렇다고 해서 길드원 전원을 동원할 수는 없었다. 기껏해야 그나마 길드에 충성스러운 집행부를 동원하는 게 고작일 것이었다.

물론 최상위권 길드 9곳이니 집행부 전력만 해도 무시당할 정도는 아닐 것이었다.

"불사조 길드가 강성준 편에 붙을 수도 있지 않겠나?"

"그럴 가능성은 없다고 판단됩니다. 성골 그룹 쪽에서도 그렇게 생각한 모양입니다."

"꽤 확신하고 있는데…… 뭔가 조치를 했나 보군."

칼리고는 두 눈을 가늘게 뜬 채 말했다. 성골 그룹 쪽에서 불사조 길드의 침묵을 확신한 데에는 이유가 있을 것으로 생각했다.

"저도 그렇게 생각합니다."

부관도 대답했다.

"만약에 성골 그룹에서 아무런 준비도 없이 불사조 길드를 놔둔 거라면 문제가 있겠지만…… 설마 그런 미친 짓은 하지 않겠지."

하지만, 부관은 물론이고 '노블 오더'의 준남작, 칼리고조차 성골 그룹이 생각보다 바보 같은 행동을 하고 있다는 사실을 알지 못했다.

일주일이라는 시간이 흘렀다.

설아와는 저택이나 그녀의 사무실 등에서 몇 번 만남을 가졌는데, 그럴 때마다 그녀가 힘든 표정을 애써 숨기고 있다는 걸 성준은 알 수 있었다.

"설아 씨. 힘들면 나한테 말해요."

결국, 성준이 먼저 말했다.

그녀는 성준과 사이가 가까워질수록 오히려 힘든 일을 숨기는 경향이 있었다. 그가 바쁘다는 것을 잘 알기 때문에 심기를 어지럽히지 않기 위해서였겠지만 그 정도가 심했다.

"나는 괜찮으니까, 예전처럼 고민이 있으면 말해줘요."

"고마워요…… 그래도 아직까지는 괜찮아요……."

설아가 대답했다. 많이 힘든 것인지 자주 보여주었던 미소도 희미했다.

그 모습을 보니 성준도 마음이 편치 않았다. 빨리 상황을 종결시켜야겠다는 생각도 들었다.

꼭 그녀 때문에 그런 건 아니었다. 최근 던전을 공략하는 로드 길드원들에게 이유 없이 시비를 거는 무리가 많아졌다는 보고를 받았다.

성골 그룹이 여러 면에서 깔짝거리고 있기 때문에 빠르게 정리할 필요가 있었다.

"곧 좋아질 겁니다."

성준이 말했다. 얼마나 지속될지는 모르겠지만 오래 가지 않을 것이다. 그럴 수밖에 없는 상황을 만들 생각이니까.

"벌써 회의 시간이네요."

시계를 확인한 설아가 아쉬운 목소리로 말했다. 그녀의 할 아버지, 청룡 그룹의 윤태석 회장의 건강이 나빠져서 요양 중이었기 때문에 그 업무의 대부분을 설아가 맡게 되었다. 회의에 조금이라도 늦거나 빠질 수 없었다.

"먼저 가볼게요."

"힘내요."

설아가 사무실을 떠나자 성준도 주차장으로 발걸음을 옮겼다.

-성골 그룹에서 타이밍을 기가 막히게 잡은 것 같습니다.

리슈발트였다.

"움직일 수밖에 없는 상황이야. 내가 지금 성골 그룹 회장이라도 행동했을 거야."

성준이 말했다.

하지만 그렇다고 해서 그들의 행동이 정당화되는 것은 아니었다. 눈동자에서 차가운 살기가 희미하게 새어 나왔다. 그는 고개를 젓는 것으로 살기를 갈무리한 뒤, 차를 타고 자신의 저택으로 돌아갔다.

"강성준 씨."

제니퍼가 차고에서 기다리고 있었다. 그녀는 태블릿 PC의 점검을 끝마치기 무섭게 차에서 내리는 성준에게 달려갔다.

"그들이 움직였습니까?"

성준이 물었다. 성골 그룹이나 이계 잔당들의 문제가 분명했다. 그렇지 않고서야 제니퍼가 이렇게 기다리고 있다가 달려올 리가 없었다.

"최상위 길드 9곳에서 다수의 헌터들을 강원도로 보냈습니다."

이계 문제가 개입되면서 연합 위원회의 정보망이 대한민국의 최상위권 길드들에 대한 감시를 시작했었다. 만약 정철과 그의 정보원들만 감시에 동원되었다면 이렇게 정밀한 보고를 받지 못했을 것이었다.

"성골 그룹에 붙은 길드가 생각보다 많네요."

"조사 결과, 불사조 길드만 중립을 지키고 있다고 합니다."

제니퍼가 보고했다. 성준은 고개를 끄덕였다.

"강원도로 이동한 헌터들의 규모는 어느 정도입니까?"

적들의 수를 알아야 그에 걸맞은 계획을 세울 수 있었다.

"정확한 규모에 대해서는 아직 보고 받지 못했지만, 가세한 길드들의 집행부 전력 대부분이 동원된 것으로 보입니다."

일반 길드원들은 소속된 길드에 충성하지 않았다. 살인과 같은 과격한 일을 지시하려면 집행부를 동원할 수밖에 없었다. 최상위권 길드 9곳에서 집행부의 헌터 대부분을 동원한다고 했으니, 그 수가 적지 않을 것이다.

"A급 헌터 다수와의 교전이 예상됩니다."

"상관없어. 전부 죽여 버리면 되니까."

성준은 차가운 목소리로 대답했다. 같은 한국인이라도 먼저 적대적인 행위를 한다면 결코 자비를 베풀 생각은 없었다. 적으로 인식된 존재는 끝까지 추격해서 섬멸한다는 것이 전생부터 이어온 행동 방침이었다.

"성골 그룹이 차원 관문을 열려는 것 같다는 말씀이십니까?"

성준을 통해 제니퍼의 보고를 구두로 전달받은 정철은 깜짝 놀란 목소리로 말했다. 차원 관문을 열게 되면 레이드 상황이 발생하게 된다. 제대로 대응을 하게 되더라도 많은 이들이 목숨을 잃을 것이다.

절대로 일어나서는 안 되는 일이었다.

"제니퍼는 그럴 가능성이 크다고 판단했어. 나도 그렇게 생각하고."

성준이 말했다.

"그거 읽어보면 알겠지만 이미 강원도로 헌터들과 무장 병력이 집결하고 있어."

"불사조 길드를 제외한 최상위권의 9개 길드가 가세했다고 적혀 있군요. 확실한 정보입니까?"

대한민국에서 최상위권 길드로 불리는 곳은 10곳이었다. 그들 중에 9곳이 움직였다는 것은 심각한 일이었다. 정보의 재확인이 필요했다.

"연합 위원회에서 백호를 포함한 여러 정보기관을 동원해서 알아낸 정보니까 확실해."

성준이 대답했다.

"그렇다면 의심할 수가 없군요. 정확한 집결 병력의 규모는 아직 파악하지 못했군요."

"지금도 계속 모이고 있어. 진행형이야."

대규모 병력이었지만 치밀하고 은밀하게 여러 무리로 나눠서 천천히 강원도로 집결시키고 있었기 때문에 연합 위원회의 정보력이 동원되지 않았다면 그들의 움직임을 파악하는 게 쉽지 않았을 것이었다.

"이계인들은 움직였습니까?"

정철이 물었다.

성준은 고개를 저으며 입을 열었다.

"아직."

"연합 위원회의 병력은요?"

"감시만 하고 있고, 아직 선제 타격 계획은 없어."

성준의 대답에 정철의 표정이 밝아졌다.

"이계인들이 강원도에 합류했을 때 선제 타격을 해도 늦지 않을 겁니다. 저는 오히려 그게 좋다고 생각합니다. 일이 터지기 전에 예방하는 것도 좋지만, 확실하게 매장시키기 위해서는 '사건'이 발생하는 게 좋죠."

냉정한 말이었지만 사실이었다.

"사건이 발생한 직후, 바로 대응하는 게 중요합니다. 조금이라도 늦으면 저희 입장이 곤란해질 수도 있습니다."

정철이 말했다. 성준이 성골 그룹의 움직임을 파악했음에도 불구하고 조치를 하지 않았다는 사실은 알려져서는 안 된다. 혹여, 그 사실이 노출되더라도 비난 여론이 형성되지 않게 하려면 인명 피해가 발생해서는 안 된다.

"하지만 병력을 일찍 움직이면 다른 비난 여론이 발생할 수도 있어."

"맞는 말씀입니다. 증거가 충분하지만, 과잉 진압을 했다는 비난을 받을 수도 있습니다. 저도 길드장님의 의견을 지지합니다."

정철은 대답과 함께 다 읽은 보고서를 내려놓았다.

"가능하면 저희 쪽 병력 피해는 최소화하는 게 좋습니다. 민간인 쪽에서 인명 피해가 생기는 건 당연히 피해야 하고요. 저는 개인적으로 소수 정예 편성을 추천합니다."

"아무래도 그게 좋겠지. 이미 이든이 지휘하는 정예 팀이 오고 있어. 추가 지원 요청은 할 필요 없을 것 같네."

수가 많으면 피해가 늘어날 뿐이었다. 이든의 팀은 연합 위원회 전력 중에서도 정예였다. 그들의 지원이면 충분했다.

"성골 그룹 쪽의 피해는 염두에 두실 필요 없을 것 같습니다. 그들의 편을 들어줄 사람들은 많이 없을 겁니다."

던전과 헌터가 등장한 이후로, 레이드 상황 등에서 마물들에게 목숨을 잃은 일반인의 수가 적지 않았다. 그래서 누군가 '일부러' 레이드 상황을 유도했다는 말이 들리면 비난을 받을 것이다.

여론은 민감하기 때문에 성준 또한 정보 취급에 주의할 필요가 있었다.

대화가 잠시 중단되었다. 성준은 제니퍼의 기척을 느꼈다. 얼마 지나지 않아서 노크도 없이 서재의 문이 열렸다.

"강성준 씨!"

서재 안을 울리는 목소리에서 다급함이 느껴졌다.

"제니퍼? 무슨 일이죠?"

"추적 중이던 이계인들이 강원도에 모습을 드러냈습니다."

그녀의 보고에 성준은 눈살을 찌푸렸다.

"1시간 전에는 부산에 있다고 보고하지 않았어요?"

"죄송합니다. '가짜'였던 것 같습니다."

제니퍼는 변명하는 대신에 고개를 숙였다.

하지만 성준은 그녀를 질책하지 않았다. 연합 위원회가 실수했다고는 생각되지 않았다. 그저 적들이 조금 더 교묘하고 뛰어났을 뿐이었다.

"이계인들이 강원도에 도착하고 얼마나 시간이 지난 것 같습니까?"

중요한 문제였다. 시간이 얼마 흐르지 않았다면 다행이지만 그들이 거점 구축 초기에 도착한 것을 여태 모르고 있었다면 당장 차원 관문이 열려도 이상할 게 없었다.

"설마 모르는 건 아니겠지요?"

"아닙니다! 연합 위원회의 정보력을 총동원한 결과, 3일 전에 먼저 도착한 것으로 판단됩니다."

제니퍼가 대답했다.

-정확한 건 제로스 경한테 자문하는 게 좋겠지만, 3일이면 필요한 설비와 마력이 갖춰져 있다면 당장에라도 차원 관문이

열릴 수도 있을 겁니다.

리슈발트가 말했다.

성준은 벽에 걸려 있는 사제복, '불온한 기도'를 집어 들며 입을 열었다.

"헬기 준비해 주세요. 강원도로 갑니다."

제로스에게 따로 질문할 여유는 없었다. 지금 당장 움직여야만 했다. 이든의 팀을 기다릴 여유도 없었다.

"알겠습니다. 헬기를 요청하겠습니다."

제니퍼는 곧바로 스마트폰을 꺼내서 어딘가로 전화를 걸었고 성준은 정철에게로 시선을 옮겼다.

"로드 길드는 일단 대기. 이든의 팀이랑 합류해서 행동해."

"하지만 길드장님……."

"길드원들 모두가 준비될 때까지 기다리기에는 시간이 부족해."

성준은 단호하게 대답하며 사제복을 입었다.

정철도 현재 상황을 이해하고 있기 때문에 차분하게 고개를 끄덕이는 것으로 대답을 대신했다.

"헬기가 오고 있습니다. 5분 안에 도착합니다."

제니퍼가 말했다.

성준은 대답 대신 고개를 끄덕이며, 서재를 나와서 착륙장으로 발걸음을 재촉했다.

그녀의 말대로 5분이 지나기 전에 헬기가 도착했다. 연합 위

원회의 이름으로 요청한 것인지 군용 헬기였다. 성준이 탑승
하자 헬기는 강원도로 향했다.

"마정석 기술을 이용해 최근에 개발된 신형 헬기입니다. 목
표 지점까지 오래 걸리지 않을 겁니다."

동승한 중사 계급의 군인이 설명했다.

그제야 성준은 다른 헬기보다 빠르게 이동 중이라는 걸 깨
달을 수 있었다. 그의 말대로 헬기는 얼마 지나지 않아서 강원
도 상공에 진입했다.

"방금 로드 길드의 제니퍼 헌터님으로부터 무전을 받았습
니다! 이미 목표 지점 근처에 방공망이 구축되어 있다고 합니
다! 헬기로 더 이상 접근하는 건 위험합니다!"

중사 계급의 군인이 보고했다. 그들은 군인이었고 위험을
감수하는 건 어렵지 않았지만 그렇게 되면 기습의 이점이 사
라지게 된다.

성준도 그 점을 우려하고 있었다. 시간이 없다고는 하지만,
적의 수가 많기 때문에 기습하여 차원 관문을 먼저 파괴하고
지휘부를 타격하는 게 효율적이었다.

"굳이 착륙할 필요 없습니다. 고도만 조금 낮춰주세요."

성준이 말했다. 뛰어내리면 되니까, 착륙은 필요 없었다.

헬기는 곧 고도를 낮추기 시작했다.

무리 없이 뛰어낼 수 있는 높이가 되었다고 판단한 순간, 성

준은 문을 열고 헬기 밖으로 뛰어내렸다.

"세상에, 이 높이에서……."

헬기에 동승한 군인들은 놀랄 수밖에 없었다. 헬기가 착륙하기 전에 뛰어내리는 헌터들은 가끔 본 적이 있었지만, 이 정도 높이에서는 처음이었다.

-위험 요소는 없습니다.

"다행이네."

리슈발트의 보고에 성준은 고개를 끄덕이며 대답했다.

아직 목표 지점까지 꽤 이동해야만 했다. 벌써부터 적들이 있을 리가 없었다.

조금 전 헬기에서 군인들에게 받은 군용 지도를 꺼냈다. 연합 위원회가 정찰을 통해 알아낸 여러 정보가 지도에 표기되어 있었다.

"일단 전속력으로 이동해야겠다."

혼잣말에 가까운 중얼거림을 끝내기 무섭게 성준은 전력으로 달렸다. 가끔 지도를 확인할 때를 제외하면 멈추지 않았다. 2시간 동안 전력을 달린 끝에 어느 정도 거리를 좁힐 수 있었다.

-주군. 이제 전력 질주는 멈추는 게 좋을 것 같습니다.

리슈발트가 말했다.

전력 질주를 하게 되면 기척을 숨기는 게 힘들어진다. 성준도 같은 생각이었기 때문에 천천히 달리는 속도를 줄였다.

하지만 그렇다고 해서 천천히 움직인 것은 결코 아니었다.

'은신'을 사용하지 않았기 때문에 어느 정도 속도가 나왔다.

얼마 지나지 않아서 거점 근처에 도달하게 되었다.

"리슈발트. 정찰이다."

-5분 안에 돌아오겠습니다.

기척 감지로는 한계가 있었다. 성준은 조금 더 정확한 정보를 확보하기 위해 리슈발트를 정찰병으로 활용했다. 유령이라서 기척이 전혀 없으며 마력만 소모하면 성준과 거리가 멀어져도 활동할 수 있는 그는 훌륭한 정찰병이었다.

5분이 지나기 전에 리슈발트가 돌아왔다. 어둠 속에 몸을 숨긴 채 거점을 향해 접근하던 성준이 발걸음을 멈췄다.

"지금 이 주변에서 느껴지는 기척은 전부 적으로 보면 되는 거지?"

성준이 물었다. 한눈에 보기에도 주변에 민가는 없는 것 같았다.

-모두 적입니다.

리슈발트가 대답했다. 그는 추가로 적들의 진형과 순찰 경로를 자세히 알려주었다.

성준은 고개를 끄덕였다. 큰 도움이 되었다.

"은신."

순찰하는 이들이 육안으로 보일 때까지 접근한 성준은 그제야 A급 아이템, '칠흑의 장막'의 은신 기능을 사용했다.

성준의 기척을 죽이는 실력은 뛰어난 암살자 수준이었다. 그런 데다가 아이템의 은신 기능까지 사용했으니, 누군가 그의 존재를 감지하는 것은 쉽지 않을 것이었다.

-PMC입니다. 이 근처에만 해도 수백 명이 배치된 모양입니다.

리슈발트가 말했다.

외곽 경비와 순찰은 PMC로 보이는 무장 병력이 맡은 것 같았다. 성골 그룹에 붙은 길드들에서 보낸 것으로 보이는 헌터들이 간혹 보였지만 수는 많지 않았고 성준의 은신을 알아챌 정도로 수준이 높지는 않았다.

-은신 해제기가 보입니다.

"해제."

거점에 도달했다. 리슈발트는 은신 해제기를 찾아냈고 성준은 눈살을 찌푸리면서 은신 상태에서 벗어났다.

"조금 귀찮게 되었네."

성골 그룹은 돈이 많았다. 그래서 은신 해제기라는 아주 희귀하고 비싼 아이템을 갖추고 있을 거라고 예상은 했지만 귀찮게 느껴지는 건 어쩔 수 없었다.

하지만 은신 기능이 없어도 그의 잠입 실력은 우수했다. 감시망을 피해 순식간에 거점 안, 깊숙한 곳까지 침투했다.

-차원 수정이 근처에 있습니다.

리슈발트 덕분에 차원 수정을 찾는 것은 어렵지 않았다.

주변에는 이계의 마력이 느껴지는 인간들이 다수 보였다. 그들 외에도 익숙한 얼굴이 보였다.

'S급 랭킹 2위 안준석이랑 S급 랭킹 3위 한선우…… 이거 잭팟 터졌네.'

성준의 입가에 싸늘한 미소가 번졌다.

-저들은 눈치채지 못했습니다. 공격하지 않을 생각이십니까?

"아직이야. 차원 관문이 열리면 공격한다."

성준이 아주 작은 목소리로 대답했다.

리슈발트는 그제야 그의 의도를 알아채고는 고개를 끄덕였다.

-던전 관리국 레이드 상황실에서 차원 마력을 감지하게 해서 증거를 남겨둘 생각이시군요.

"그래. 내가 대한민국을 한 번 더 구했다는 것 정도는 모두 알고 있어야 하지 않겠어?"

그렇게 말하며 '로엘'이 잠들어 있는 반지를 쓰다듬었다.

3장
정의로운 학살

"차원 수정과 균열 간의 연결이 안정되었습니다."

"수고했다."

부하의 보고를 받은 칼리고는 옆에 올려둔 스태프를 집어 들었다. 연결이 안정화되었으니, 이제 차원 관문을 열 차례였다. 그가 마력을 끌어 올리자 차원 수정이 공명하면서 허공에 작은 균열이 생겼다.

준석과 선우, 그리고 헌터들은 두 눈을 호기심으로 반짝이며 차원 관문의 생성 과정을 지켜보았다.

"차원 관문이 생성은 처음 보는데, 나쁘지는 않네."

사방으로 퍼져 나가는 마력의 물결을 아름답다는 표정으로 바라보며 준석이 말했다.

눈앞의 광경은 수많은 사람을 죽일 수도 있는 레이드 상황의 시작을 알리는 것을 있었다. 그것의 시작에 본인이 깊게 개입되어 있음에도 불구하고 그의 목소리에서 죄책감이라고는 찾아볼 수 없었다.

"로드 길드도 별거 없군요. SS급 헌터 강성준이 있다고는 하지만 정보망도 제대로 구축하지 않았으니 말입니다."

"그렇겠지? 아무리 생각해도 강성준에 대한 평가는 과장된 게 있는 것 같단 말이야. SS급 헌터도 별거 아니야."

대한민국 S급 헌터 랭킹 3위, 한선우의 말에 히죽거리며 동조하는 준석이었다. 그는 과거에 성준에게 겁을 집어먹었었다는 사실을 까맣게 잊은 모양이었다. 어쩌면 굳이 말할 필요가 없다고 판단했을 수도 있었다.

"그러게 말입니다! 대한민국 유일의 SS급 헌터라서 과장된 부분이 없지 않아 있었던 것 같습니다!"

성골 그룹의 회장, 안현태도 맞장구를 쳤다.

"헌터들이 이렇게 많으니…… 강성준이 지금 나타난다고 하더라도 저지할 수 있겠군요."

대한민국 랭킹 5위의 타이탄 길드장, A급 마법계 헌터인 임형석이 입꼬리를 끌어 올린 채 말하자 준석도 고개를 끄덕였다.

"강성준? 그 새끼는 내가 5초면 팔다리 절단 내고 목까지 칠 수 있어. SS급 헌터랑 S급은 종이 한 장 차이니까."

"우리는 안준석 헌터님과 한선우 헌터님만 믿겠습니다! 하하하!"

김칫국을 시원하게 들이켜는 그 모습을 보며 성준은 고개를 저었다.

리슈발트는 살벌할 눈빛으로 그들을 노려보았다.

-감히 주군을 모욕하다니! 능지처참해야 합니다!

성준도 같은 생각이었다.

그는 대답 대신 차원 수정을 향해 시선을 옮겼다. 곧 차원 관문이 열릴 것 같았다. 슬슬 움직일 때가 되었다는 걸 의미했다.

성준은 허리에 걸려 있는 '하크의 단검'을 뽑아 들었다. 거점 안으로 들어오기 전에 로엘을 검으로 변형을 끝냈지만 은밀하게 근접해서 단검만큼 효율적으로 적의 숨통을 끊을 수 있는 무기는 많지 않았다.

-차원 관문이 열리고 있습니다.

리슈발트가 보고했다.

성준은 몸을 숨길 수 있는 선에서 차원 수정과 최대한 가까이 접근했다. 그는 아이템의 은신 기능을 사용하지 않아도 기척을 지우고 어둠 속에 몸을 숨기는 것에 능숙했다.

"곧 차원 관문이 열립니다."

칼리고의 부하가 보고했다. 차원 수정에 충분한 마력이 모였고 연결도 안정적이었다.

칼리고는 스태프에 모여든 마력을 통제하여 차원 관문을 열었다. 칠흑의 어둠 속에서 수백의 붉은 안광이 번뜩였다.

"지구에 온 것을 환영합니다."

칼리고가 능숙한 이계어로 환영 인사를 건네자 차원 오크 부족장과 검성들이 먼저 차원 관문을 넘어 지상에 발을 디뎠다.

-차원 관문이 완전히 열렸습니다! 이 정도면 던전 관리국에서도 감지했을 겁니다!

리슈발트가 말했다.

성준은 단검을 들어 올리며 발걸음을 옮겼다. 고속 이동술을 펼칠 필요도 없었다. 순식간에 오크 부족장과 거리가 좁혀졌다.

"피의 축제를 벌일 시간이군! 크하하하!"

"물론 오크들의 피로."

대답과 함께 성준이 내찌른 단검이 오크 부족장의 옆구리를 찔렀다. 척추를 끊어놓을 생각이었지만 일격을 가하는 순간 오크 부족장이 기척을 느끼고 급히 몸을 틀어서 최악의 상황을 면한 것이었다.

"뭐, 뭐야?"

"강성준이다!"

S급 헌터들과 칼리고가 뒤늦게 성준의 습격을 깨닫고 무기를 꺼내 들었다.

성준은 그들의 무기가 자신을 겨누는 동안 여유롭게 검으로 오크 부족장의 목을 쳤다.

"미, 미친!"

"이럴 수가!"

기습에 당했다고는 하지만 SS급 하위 티어의 마물이 일격에 목숨을 잃었다.

"히, 힘을 숨기고 있었던 건가······?"

누군가 생각하고 있던 걸 그대로 내뱉었다.

"라이트닝 트랩."

칼리고가 서둘러 고위 마법을 완성했다.

하지만 늦었다. 이미 성준은 그곳에 없었다.

"네 정보는 모두 파악했다. 노블 오더 준남작."

"커헉!"

성준이 차갑게 내뱉었다.

칼리고는 뭔가가 복부를 꿰뚫는 것을 느꼈다. 차가운 느낌과 동시에 아릿하면서 화끈한 통증이 찾아왔다. 훈련을 받았지만, 고통에 찬 신음을 토해낼 수밖에 없었다.

그가 비틀거리는 동안, 성준이 내찌른 검이 심장을 관통했다.

"이, 이게 SS급이라고······?"

누군가 말했다.

그들은 성준의 전투를 이곳에서 처음 보았다. 움직임을 읽기에는 너무나 빨랐다.

대한민국의 S급 헌터들 중에서도 최상위권에 있는 준석과 선우에게도 힘든 일이었다.

"폭풍검."

"오, 온다!"

"앱솔루트 실드!"

준석은 다소 무리하여 강력한 방어력을 자랑하는 대마법인 '앱솔루트 실드'를 완성했다.

"크아아악!"

"커헉!"

다른 이들도 방어를 시도했지만, 성준이 쏟아낸 검풍들 앞에서 허무하게 피를 쏟아내며 쓰러졌다. 30명이 넘는 인원이 있었지만 폭풍검이 한 차례 휩쓸고 지나가자 20명이 조금 넘는 정예들만 남았을 뿐이었다. 모두 A급 이상의 헌터들이었다.

하지만 모두 멀쩡한 모습은 아니었다. 몇몇은 부상을 입은 것인지 붉은 피를 뚝뚝 흘리고 있었다.

성준은 그들을 향해 차가운 시선을 흩뿌리며 차원 수정으로 몸을 던졌다. 그 모습을 본 선우가 두 개의 소검을 마구 휘두르며 고속 이동술을 펼쳤다. 그래도 SS급에 가깝다고 평가받는 S급 전투계 헌터답게 순식간에 성준과의 거리를 좁혔다.

"내가 놔둘 것 같습니까!"

소검에 깃들어 빛나는 오러가 변형되었다. 그것은 마치 채

찍처럼 늘어나 성준을 향해 날아들었다. 그 속도가 매우 빨라서 일반적인 S급 헌터라면 쉽게 피하지 못할 정도였다.

하지만 유감스럽게도 성준에게는 아주 느리게 보였다. 성준은 한 발짝 뒤로 물러나는 것으로 선우의 공격을 피했다. 그리고 검을 휘둘러 차원 수정을 박살 냈다.

"아, 안 돼……."

차원 관문이 파괴되었다. 소환된 오크들은 역소환되었고 남은 헌터들은 창백한 얼굴을 숨기지 못했다.

"대, 대체 무슨 일이……."

성골 그룹의 회장, 안현태는 차원 수정이 파괴된 뒤에야 성준의 개입을 눈치챘다. 반응 속도가 느릴 수밖에 없었다. 그는 고작 B급 헌터에 불과했으니까.

"환영검."

"크아악!"

환영검을 사용하자 선우가 비명을 내질렀다. 왼팔이 잘렸다. 붉은 피가 쏟아졌고 그는 황급히 뒤로 물러났다.

환영검의 완성과 동시에 방어를 시도했지만 환영검 1개를 막아내지 못하고 왼팔을 허용하고 말았다.

"안준석 씨! 뭐합니까!"

"헬파이어!"

준석은 대답 대신 대마법을 완성했다. 허공에 그려진 마법진에서 거대한 불덩이가 성준을 향해 날아갔다.

쾅!

묵직한 충돌음과 함께 지옥의 불길이 사방에 퍼졌다.

"크아아악!"

"커헉!"

황급하게 완성한 마법이라서 그런지 위력 조절에 실패했다. 다른 헌터 여럿이 휘말렸다.

"아직 안 죽었을 거다! 마법계는 공격 마법을 전부 쏟아부어!"

"하, 하지만 안준석 씨…… 아군이…….."

"상관없어! 모든 화력을 집중해!"

준석의 명령에 다들 마지못해 성준이 있는 곳으로 공격 마법을 퍼부었다. 지진이라도 난 것처럼 땅이 요동쳤다. 마법 폭격은 쉬지 않고 지면을 두들겼고 흙먼지가 일어나 시야를 어지럽혔다.

"주, 죽었나?"

누군가 말했다.

흙먼지를 뚫고 나오는 뭔가가 없었고 마력의 유동도 느껴지지 않았다. 얼핏 보기에 강성준이라는 존재가 무력화된 것 같았다.

"멈추지 마! 계속 퍼부어!"

준석은 지시와 함께 오러 참격을 날려 보냈다. 마법계 헌터들은 일대를 폭격하는 것을 멈추지 않았다.

"마력 반응은?"

"전혀 느껴지지 않습니다!"

지형이 변할 정도로 공격 마법을 퍼부었다. 일반적인 경우라면 살아남을 수 없을 것만 같았다. 문제는 성준은 '일반적인' 헌터가 아니라는 사실이었다.

"팀장님! 더 이상 마력이 남아 있지 않습니다!"

헌터들의 마력에는 한계가 있었다. 성준을 막기 위해 고위 등급 이상의 마법을 쉬지 않고 퍼부었으니 마법계 헌터들의 마력이 바닥날 수밖에 없었다.

"공격 중지! 시야 확보!"

준석이 지시했다. 그나마 마력이 남아 있던 마법계 헌터 한 명이 스태프를 흔들며 입을 열었다.

"윈드."

마력이 바람을 일으켜 흙먼지를 몰아냈다. 그리고 그곳에 너덜너덜하게 찢긴 시신 하나가 있었다.

"한선우……."

성준의 시체가 아니었다. 선우였다.

팔이 잘리는 바람에 미처 마법 폭격의 영향권에서 벗어나지 못한 것인지 시체는 생전의 모습을 찾기 힘들 정도로 망가져 있었다.

"강성준은 어디로 간 거야!"

준석이 날카로운 목소리로 외쳤다. 검을 들어 올린 채 마력을 주입하여 오러를 일으켰다. 그는 마법계 헌터였지만, 동시에 오러 사용자였다. 그는 기척 감지를 위한 마력을 최대한 올렸지만, 아무것도 느껴지지 않았다.

"자, 잘 모르겠습니다……."

"기척은 전혀 느껴지지 않습니다."

S급 헌터 최상위의 준석이 아무것도 감지하지 못할 정도였는데, 다른 헌터들이 성준의 기척을 읽을 수 있을 리가 없었다.

"재롱잔치는 끝났나?"

등 뒤였다.

준석은 소름이 돋는 것을 느끼며 후방을 향해 마법을 난사했다.

"크아악!"

A급 전투계 헌터 한 명이 비명을 내지르며 쓰러졌다. 준석이 몸을 돌렸을 때 그곳에 성준은 없었다.

"어디로 간 거냐……."

날카로운 시선이 주변을 훑었다. 하지만 성준의 모습은 찾아볼 수 없었다.

"크아아악!"

"어, 어디야!"

또다시 A급 헌터 하나가 붉은 피를 쏟아내며 쓰러졌다. 누군가는 무력감에 절규했다.

준석은 이를 악물었다. 무력감을 느끼는 건 마찬가지였다.

"으윽!"

헌터들은 보이지 않는 칼날에 의해 계속해서 쓰러져 갔다. 어느새 10명이 안 되는 적은 인원만 남았다.

"지원은?"

"요청했습니다! 곧 도착할 겁니다!"

현태의 물음에 그의 부하가 떨리는 목소리로 대답했다. 누군가의 비명 소리가 다시 한번 더 들리고 얼마 지나지 않아서 다른 길드장들이 집행부 헌터들과 함께 몰려왔다.

"이걸로 길드장들은 다 모인 건가?"

성준이 모습을 드러냈다. 굳이 시간을 끈 건 다른 길드장들이 모두 모이게 하기 위함이었다.

"강성준!"

섬광이 번쩍였다. 준석이 성준의 시야를 교란하기 위해 마법의 빛을 터뜨린 것이었다. 동시에 그는 성준을 향해 몸을 던지며 검을 휘둘렀다. 칼날이 머금은 오러가 번쩍였다.

"이게 내 최고 속도다!"

"느려."

"어……?"

준석이 균형을 잃었다. 아찔한 고통이 찾아왔고 흔들리는 시야로 잘린 왼팔과 왼쪽 다리가 피를 흩뿌리며 춤을 추는 게 보였다. 전신에 강화 마법을 도배했지만, 성준의 움직임을 따라잡지 못했다. 눈에 보이지도 않았다.

일순간 절망이 깃든 준석의 얼굴을 보며 성준은 냉소를 흘리며 입을 열었다.

"이게 너와 나의 '차이'다."

"말도…… 안 돼……."

절망이 가득 섞인 목소리가 핏물과 함께 입 밖으로 쏟아졌다. 왼팔과 왼쪽 다리를 잃은 준석은 허공에서 한 바퀴 회전하며 피를 흩뿌리더니 차가운 바닥에 떨어져 나뒹굴었다.

"믿을 수…… 없다……. 내가 이렇게 당할 리가……."

준석의 눈동자에서 생기가 빠른 속도로 사라지고 있었다. 로엘에는 출혈 저주가 깃들어 있었다. 팔과 다리가 절단되는 치명상을 입은 상태에서 저주가 깃들자 그 출혈량은 순식간에 의식을 흐릿하게 만들 정도였던 것이었다.

"아, 안준석 씨가……."

"한선우 씨도 당했습니다!"

A급 헌터들의 눈으로는 과정을 볼 수 없었다. 하지만 최강의 전력이라고 생각했던 준석과 선우가 허무하게 당했다는 것만큼은 분명하게 알 수 있었다.

"강성준이 이 정도일 줄이야!"

누군가 경악했다. 잠자는 사자를 깨운 것으로도 모자라 코앞에서 도발을 해버렸다는 것을, 뒤늦게 깨달은 것이었다.

성준이 사라졌다가 다시 모습을 드러낼 때마다 최상위권 길드들이 힘겹게 모은 집행부의 A급 헌터들이 힘없이 쓰러졌다. 저항조차 할 수 없었다.

"교본대로 행동해!"

"적은 한 명이다!"

절규에 가까운 외침이 이어졌다.

그래, 적은 한 명이다. 하지만 비공식적인 SSS급의 실력자라는 게 문제였다. 길드 9곳에서 소집한 집행부는 대부분 A급이었고 B급도 소수만 포함되어 있을 정도로 최정예들이었다. 한 국가의 군대를 전멸시킬 정도의 전력이었지만 성준을 감당할 수 없었다.

"회, 회장님! 어서 피하…… 커헉!"

경호원들은 현태를 안전한 곳으로 피신시키려 했지만 쉽지 않았다. 조금이라도 움직인 경호원들은 모두 어딘가 잘려 나가서 피를 쏟으며 쓰러졌다.

"가만히 있으니까 건드리지 않는 것 같습니다."

경호 실장을 맡고 있는 A급 헌터가 말했다. 이유는 알 수 없었지만, 현태는 우선 경호원들에게 대기할 것을 지시했다.

그들이 가만히 서 있는 동안에도 무수히 많은 헌터들이 제대로 된 저항조차 못 하고 힘없이 쓰러져 갔다. 그나마 저항이

가능한 준석과 선우가 쓰러진 상황이라 다들 움직이는 표적이나 다름없었다.

"모두…… 죽었어……. 맙소사……."

현태와 그를 지키는 경호원 두 명, 그리고 무력화된 준석을 제외한 모두가 목숨을 잃었다. 길드장들도 제대로 된 저항을 못 했다.

비명이 남아 있는 고요한 전장의 한가운데 성준이 서 있었다.

"살…… 려줘……."

준석이 꺼져 가는 생명을 간신히 붙잡고 말했다. S급 헌터라서 그런지 목숨이 질겼으나, 목소리에 힘이 없고 눈동자에도 생기가 없는 걸로 보아 이대로라면 얼마 버티지 못할 게 분명했다.

성준은 사제복에 묻은 피를 대충 털어내며 준석이 쓰러져 있는 곳으로 발걸음을 옮겼다.

"살려줄까?"

성준은 준석을 내려다보며 물었다.

그의 '힐'이라면 잘린 팔과 다리를 다시 복원시킬 수 있었다. 준석은 그것에 모든 것을 걸었다.

"제…… 발……."

성준이 잠시지만 고민하는 기색을 보이자 준석은 남은 팔로 성준의 바지를 붙잡았다. 그러면서 조심스럽게 마력을 끌어 올렸다. 반격을 꾀하려는 생각이었지만 성준이 모를 리가 없었다.

"커헉!"

검의 끝이 준석의 어깨를 관통했다. 그가 비명을 토해내자 성준은 마력을 흘려보냈다.

"서, 설마……."

"방금 마력로를 엉망으로 만들었으니까, 허튼짓할 생각은 버리는 게 좋을 거야."

성준이 차가운 목소리로 말했다.

마력로가 손상을 입으면 마력을 바탕으로 하는 모든 기술의 발현에 장애가 생긴다. 마력을 사용하는 이를 포로로 잡을 때 많이 사용하는 방법이었다. 이것으로 최후의 기습을 가한다는 준석의 계획은 무산되고 말았다.

"사, 살려……."

애원하는 준석을 보며 성준은 입꼬리를 끌어 올렸다.

"너무 걱정하지 마. 살려는 줄게."

왼손에 마력을 끌어 올렸다.

"힐."

순백의 섬광이 터져 나왔다. 출혈이 멈추고 상처가 아물었지만 잘려 나간 팔과 다리가 복원되지는 않았다.

"내 팔은……? 다리는……!"

준석이 떨리는 목소리로 외침을 쏟아냈다.

성준은 싸늘한 미소를 머금은 채 입을 열었다.

"팔이랑 다리를 붙여준다고 하지는 않았는데?"

"으아아아아!"

성준은 절규를 토해내는 준석을 뒤로하고 현태를 향해 발걸음을 옮겼다.

-안준석은 대한민국 S급 최상위권 랭킹의 헌터입니다. 살려두면 귀찮은 일이 발생할 수도 있습니다. 이대로 죽이는 게 좋지 않겠습니까?

리슈발트가 말했다.

성준은 고개를 저었다.

"제로스한테 실험체로 넘기면 재밌을 것 같아서 말이야. 마침, S급 헌터 하나를 실험체로 삼고 싶다고 말하기도 했었고."

-좋은 생각이십니다. 제로스 경의 공방이라면 탈출은 불가능하겠군요.

리슈발트도 반대하지 않았다. 제로스라면 믿을 수 있기 때문이었다. 그의 공방도 경비 상태가 훌륭했다. 실험체가 되어 그의 공방에 갇힌다면 절대 탈출하지 못한다.

성준이 로우켈의 이름을 가지고 있을 때부터 제로스의 공방은 탈출이 불가능한 곳으로 악명이 높았다.

'광기의 과학자라는 단어가 어울리지.'

전생의 기억을 깨닫기 전에 소설과 만화를 보는 것을 좋아했었다. 그리고 광기 넘치는 과학자는 자주 등장하는 소재였다.

성준은 소설과 만화에서 보았던 미친 과학자들의 모습과 제로스의 모습을 비교하며 입가에 웃음을 머금었다.

'저, 저 미친놈이 무슨 생각을 하는 거야……'

붉게 물든 땅 위에 서서 환한 웃음을 머금은 성준의 모습은 현태가 보기에 잔혹한 악마와도 같았다.

"커헉!"

"크악!"

경호원 2명이 쓰러졌다. 둘 다 A급 헌터였지만 저항조차 못했다.

현태가 정신을 차렸을 때는 이미 경호원 둘을 처치한 성준이 그의 뒤에서 미소를 머금은 채 시선을 보내고 있었다.

"사, 살려……."

"지금 당장 너를 죽일 생각은 없으니까, 안심해."

성준은 현태의 말을 끊었다. 그는 발걸음을 옮겨서 서로의 거리를 좁혔다.

죽일 생각이 없다는 성준의 말에 현태는 안도했다.

"내가 아무 생각 없이 너를 살려줬다고 생각하지는 않겠지?"

차가운 음성이 허공을 꿰뚫었다.

현태는 숨이 막히는 것 같은 기분이 들었다.

성준은 살기를 통제하고 있었지만 은은하게 새어 나오는 살기조차 B급 헌터에 불과한 현태가 감당하기에는 역부족이었다.

"기대해도 좋아."

성준이 말했다.

이 시간부터 현태가 가진 모든 것이 무너질 것이다. 그리고 현태는 그것을 지켜보게 될 것이었다.

"슬슬 도착한 것 같네."

전투가 시작된 모양인지 사방에서 폭발음과 총성이 터져 나왔다. 성준은 혼잣말을 내뱉으며, 기척이 느껴지는 방향으로 고개를 돌렸다.

어둠 속에서 신철이 모습을 드러냈다. 이제는 S급 헌터가 되어서 그런지 분위기가 사뭇 달라져 있었다.

"길드장님. 공격이 시작되었습니다."

신철이 다가오며 보고했다. 굳이 보고하지 않더라도 주변의 상황은 교전이 발생했다는 걸 말해주고 있었다. 이든의 팀원으로 보이는 A급 헌터 2명이 신철의 곁을 수행하고 있었다.

"공격 인원은?"

"이든 씨와 나준열 씨가 포함된 기동타격팀 21명과 로드 길드입니다."

"나준열이?"

공격 지원을 요청한 인원은 이든과 중앙헌터국 소속의 정예 기동타격팀이 전부였다. 준열에게 지원을 요청한 기억은 없었기 때문에 성준은 신철을 보며 물었다.

"예. 나준열 씨도 연합 위원 신분을 가지고 계셔서 연합 위원회의 공격 계획을 열람한 것 같습니다."

공격 계획을 열람했다면 정의로운 성격의 준열이 빠질 리가 없었다.

"평위원이 열람할 수 있게 설정해 두었나?"

"제니퍼 씨가 실수한 것 같습니다."

신철이 말했다.

성준은 고개를 끄덕이며 입을 열었다.

"나중에 따로 말해둘게."

크게 질책할 생각은 없지만 그래도 제니퍼가 알고 있어야 할 문제였다. 나중에 시간을 내서 조용히 말해둘 필요가 있었다.

"공격 상황은 실시간으로 업데이트하고 있습니다. 보안 어플로 확인할 수 있습니다."

신철의 말에 성준은 스마트폰을 꺼내 연합 위원회의 보안 어플에 접속했다. 거점 공격 상황이 한눈에 보였다. 전술 지도 상의 붉은 점이 빠른 속도로 사라지고 있었지만, 아군의 수는 조금도 줄어들지 않았다. 부상을 입은 것인지 극소수가 후방으로 이동 중이었지만 관련 교신 내용을 확인해 보니 중상은 아닌 것 같았다.

"공격은 성공적인 것 같군."

"네. 길드장님께서 거점의 주력 병력을 전멸시킨 덕분에 전투에서 우위를 점할 수 있었습니다."

준석과 선우, 그리고 길드장들이 모두 성준에게 당했다. 주력이자 지휘부라고 할 수 있는 그들이 무력화되었으니 거점에서 제대로 된 저항이 없는 게 당연했다.

"그런데 저들은 어떻게 처리할 생각이십니까?"

신철이 가리킨 방향에는 어딘가로 허망한 시선을 보내고 있는 준석과 두려움에 떨고 있는 현태가 있었다.

성준은 그들을 향해 시선을 옮기며 입꼬리를 슬쩍 끌어 올렸다. 섬뜩한 살기가 입가에 묻어 나왔다.

"내 개인적인 전리품."

"알겠습니다. 따로 챙겨두라고 말해두겠습니다."

신철이 대답과 함께 수신호를 보내자 동행한 헌터들 중 한 명이 준석과 현태를 어딘가로 끌고 갔다. 두 사람은 이미 '물건' 취급을 당하고 있었다.

"다른 포로들은 어떻게 하시겠습니까?"

연합 위원장인 성준에게 이번 거점 공격에 대한 모든 권한과 책임이 있었다. 신철의 물음에 성준은 스마트폰 화면을 내려다보았다. 포로 생포 여부를 묻는 통신이 계속해서 들어오고 있었다.

"포로는 필요 없어. 모두 죽여."

성준은 차가운 목소리로 지시했다.

"사실관계 확인을 위한 인원도 필요 없겠습니까?"

"던전 관리국 레이드 상황실에서 차원 관문 발생을 감지했고, 우리가 모은 증거도 충분하니까, 문제는 없을 거야."

굳이 포로를 확보해야 할 필요성이 없었다. 평범한 간부였다면 성준의 결정이 반대 의사를 표했겠지만, 마력 폭주를 진정시켜 준 이후로 신철의 충성과 신뢰는 깊어져 있었기 때문에 그런 일은 발생하지 않았다.

"이번 일과 관련된 증거 자료들을 레이드 상황실에 보내둘까요?"

신철이 물었다. 성준은 고개를 끄덕이며 입을 열었다.

"그게 좋겠네. 지금 바로 전송해. 자료 정리는 해놨지?"

"박정철 씨가 잘 정리해 주셨습니다. 제가 확인했는데, 성골 그룹을 사회적으로 매장시키기에 충분할 정도였습니다."

"아주 좋아."

성준의 입가에 만족스러운 미소가 번졌다. 성골 그룹에서 먼저 성준을 공격했으니, 이제 그들의 몰락은 당연한 결과였다.

"전송했습니다."

신철이 말했다. 스마트폰을 몇 번 터치하는 것만으로 보안 어플에 저장되어 있던 자료들이 레이드 상황실로 전송된 것이었다.

"아주 훌륭해."

성준은 고개를 끄덕이며 스마트폰 화면을 주시했다. 붉은 점은 얼마 남지 않았고 아군의 피해도 전무했다. 전체적으로 만족스러운 작전이었다.

-여기는 이든. 상황을 보고하겠습니다.

이든과의 화상 통신이 연결되었다. 그는 보고서를 한 차례 훑더니 입을 열었다.

-적들을 섬멸했습니다. 3명이 도주를 시도했지만, 팀을 보내서 사살했습니다. 3명이 경상을 입은 것을 제외하면 아군의 피해는 없습니다.

이든이 보고를 끝마쳤다.

계획대로 아군의 피해가 없었다. 성준의 입가에 환한 미소가 번질 수밖에 없었다.

화상 통신을 종료하기 무섭게 전투에 참여했던 정철이 보고서를 들고 합류했다.

"던전 관리국에서 자료 검토를 끝냈다는 연락이 도착했습니다. 저희가 보내준 자료 덕분에 그쪽에서도 상황 파악을 끝낸 모양입니다."

정철이 말했다.

전투 초기에 신철이 신속하게 자료를 전송해 준 덕분에 던전 관리국에서는 강원도에서 갑작스럽게 차원 관문이 열린 진상을 빨리 알게 되었다.

"던전 관리국과 헌터 관리국에서 합동 조사팀을 보낼 예정이라고 하는데…… 어떻게 처리할까요?"

정철이 조심스럽게 물었다. 모든 권한은 작전을 주도한 연합 위원회에 있었다.

성준은 망설임 없이 입을 열었다.

"오라고 해. 어차피 공개하는 게 우리 쪽에 유리해."

"저도 그렇게 생각했습니다. 지금 관리국 쪽에 연락을 넣어두겠습니다."

"최대한 빨리 오라고 해."

성준이 지시했다.

정철은 고개를 끄덕이며 스마트폰을 꺼내 던전 관리국의 담당자한테 전화를 걸었다.

그가 합동 조사팀 파견 문제에 대해서 말을 꺼내는 동안 성준은 신철이 있는 곳으로 발걸음을 옮겼다. 신철은 현태, 그리고 준석을 감시하고 있었다.

"길드장님 오셨습니까?"

신철이 말했다. 그의 눈동자는 준석과 현태를 주시하고 있었다. 모든 일에 신중하고 진지한 성격답게 감시는 철저했다.

"둘 다 마력로 엉망으로 만들어놨으니까, 그렇게 힘주고 감시할 필요는 없어."

"그래도 길드장님께서 맡기신 일이니까, 철저하게 하는 게 좋다고 생각됩니다."

성준은 기분 좋은 표정으로 고개를 저으며 준석의 옆에 앉아서 그의 상태를 점검했다.

"히히. 히히히."

준석은 기분 나쁜 웃음을 흘리며 같은 단어를 반복했다. 누가 봐도 정신이 나간 사람처럼 보였지만 성준은 그것이 '연극'이라는 사실을 어렵지 않게 간파했다.

그는 차분한 표정으로 입을 열었다.

"포기하라고 말하고 싶긴 한데, 이렇게 발악하는 모습을 보는 것도 재밌네."

조롱하는 게 분명했다.

준석은 입술을 살짝 깨물었다. 화가 났지만 마력로가 엉망으로 망가져 있어서 지금 당장은 공격을 시도해도 의미가 없었다. 제압당할 게 분명했다.

'기회는 한 번뿐이야…… 확실한 순간을 노려야 한다……'

준석은 떨리는 눈동자를 진정시키며 생각했다. 지금은 참을 수밖에 없었다.

"신철아."

"네, 길드장님. 말씀하세요."

"나는 여기 상황을 보고 서울로 돌아갈 건데, 제로스한테 이 '화물'을 운반해 줄 수 있겠어?"

성준도 준석을 '물건' 취급했다.

"전달만 하면 됩니까? 특별히 전할 말씀은 없으십니까?"

신철이 물었다.

소드마스터 헬퍼님 10

"제로스한테 내가 주는 선물이라고 전해주면 알아서 할 거야."

"포로 권한의 위임입니까?"

계속해서 질문을 해왔다. 귀찮을 법도 했지만, 신철의 입장에서는 확실히 해야 할 문제였기 때문에 이 부분은 이해해 줄 필요가 있었다.

"그래, 포로 권한에 대해 전부 위임하는 거야. 그리고 공식적인 기록은 '사망'으로 처리해."

연합 위원회는 성준이 장악하고 있지만, 혹여라도 준석을 실험체로 사용했다는 사실이 새어 나가면 귀찮아질 수도 있었다.

"알겠습니다. 확실하게 처리해 두겠습니다."

신철은 충성심 가득한 시선을 보냈다. 조금 전까지 다른 내용은 계속해서 캐물었지만, 이번에는 자세한 걸 따로 묻지도 않았다. 그런 점이 마음에 들었다.

성준은 만족스러운 표정으로 고개를 끄덕였다.

"좋아, 먼저 서울로 가 있어."

"알겠습니다."

성준은 신철을 먼저 보내며 손을 흔들었다.

신철은 뒤늦게 합류한 장훈과 현태를 데리고 먼저 서울로 향하는 헬기에 올라탔다.

헬기가 이륙하는 모습을 지켜본 성준은 정철이 있는 곳으로 발걸음을 옮겼다. 포로들 쪽은 S급 헌터인 신철이 붙어 있으니, 걱정하지 않아도 될 것 같았다.

준석은 왼쪽 팔과 다리가 잘렸을 뿐만 아니라 마력로까지 손상을 입었다. 신철이 방심하지만 않으면 쉽게 제압할 수 있는 상태였다.

그리고 성준은 신철이 절대 방심하지 않는 성격이라는 걸 잘 알고 있었다.

"합동 조사팀이 곧 도착할 것 같습니다."

"사태의 심각성을 알긴 하나 보네."

정철이 보고했다.

성준은 스마트폰의 연합 위원회 어플을 확인했다. 정철의 말대로 관리국 합동 조사팀이 출발했다는 보고가 들어와 있었다. 보고서에 첨부된 명단을 확인한 성준의 입가에 미소가 번졌다.

"김현성이 책임자였어?"

성준은 헌터 관리국의 조사과 1팀장인 현성과 친분이 있었다. 예전부터 서로 사정을 많이 봐주었기 때문에 이번에도 특별히 마찰이 생길 것 같지는 않았다.

"정확한 도착 시간은?"

"이번에 마정석 기술을 사용해 개발된 고속 헬기를 타고 온다고 합니다. 20분 안에 도착할 것 같습니다."

"마법계 헌터 한 명 불러서 임시 착륙장 만들어."

명단을 확인한 결과, 합동 조사팀에는 헌터도 소속되어 있었지만, 일반인이 더 많았다. 그들은 뛰어내릴 수 없으니, 헬기가 안전하게 착륙할 장소가 필요했다. 정철은 A급 마법계 헌터와 함께 전투 중에 파손된 헬기 착륙장을 복원했다.

"복원을 끝냈습니다."

"좋아."

성준은 만족스러운 표정으로 고개를 끄덕였다. 그는 정철과 함께 헬기 착륙장으로 향했다. 도중에 한석이 합류했다.

"확인 사살까지 끝냈습니다. 생존자는 없습니다."

차분한 표정으로 살벌한 말을 쏟아내는 한석이었다. 그는 '충성의 룬'에 의해 윤리적인 판단보다는 성준에 대한 충성으로 행동했다.

"수고했어."

성준은 한석의 고생을 칭찬한 뒤, 입을 닫았다.

곧 합동 조사팀이 올 건데, 그들이 생존자 사살을 알면 귀찮아질 수도 있었다. 그 문제로 성준을 압박하지는 않겠지만 사소한 잡음이 발생하는 건 피하고 싶었다.

"헬기가 접근 중입니다. 5분 안에 도착할 것 같습니다."

스마트폰에서 눈을 떼지 않은 채 정철이 보고했다. 그의 말대로 5분의 시간이 지나기 전에 요란한 프로펠러 소리와 함께 상공에 거대한 수송 헬기가 모습을 드러냈다.

헬기는 천천히 착륙했다. 도어가 열리고 10여 명의 관리국 합동 조사팀원들이 하나둘 내렸다.

그들 중 가장 눈에 띄는 이는 당연히 성준과 안면이 있는 현성이었다.

성준이 그를 먼저 발견하고 손을 흔들자 현성도 희미한 미소와 함께 거리를 좁혀왔다.

"강성준 씨! 오랜만입니다!"

심각한 상황임에도 불구하고 현성이 반갑게 인사를 건네왔다. 성준은 고개를 끄덕이며 입을 열었다.

"생각보다 빨리 왔네요."

"총괄 국장님께서 많이 재촉했습니다. 전달받은 보고서 내용이 사실이라면 보통 심각한 일이 아니니까요."

현성이 대답했다. 연합 위원회에서 백호와 국정원의 이름을 빌려서 관리국에 전달한 보고서에는 성골 그룹의 만행이 상세하게 기록되어 있었다.

총괄국장은 사태의 심각성을 빠르게 파악하고 현성과 합동 조사팀을 보낸 것이었다.

"상황은 어떻습니까?"

"보고서를 통해 전달받았겠지만, 상황은 이미 종료되었습니다. 현장을 어느 정도 보존해 두었으니, 자유롭게 확인하면 됩니다."

성준이 말했다.

현성은 주변을 빠르게 훑으며 고개를 끄덕였다. 그는 팀원들을 이끌고 어딘가로 향했다.

그러자 정장을 갖춰 입은 2명의 남자가 남게 되었는데, 그들은 성준을 향해 날카로운 시선을 보냈다.

"강성준 씨?"

세련된 디자인의 안경을 낀 남자가 성준을 불렀다. 몸에서 마력이 느껴지지는 않았다. 하지만 전체적으로 자신감이 넘치는 분위기를 풍기고 있었다.

"말씀하시죠."

"성골 그룹의 법무팀장을 맡고 있는 한병우라고 합니다. 회장님은 어디 계십니까?"

"회장이라면 안현태를 말하는 겁니까?"

성준이 묻자 병우는 고개를 끄덕이며 입을 열었다.

"저희도 보고서를 확인했습니다. 회장님을 구속하셨다고 들었습니다. 법적 근거가 없는 신변구속은 문제가 될 수 있습니다. 구속 상황을 해제하여 줄 것을 요청하는 바입니다."

연합 위원회에서 백호와 국정원의 이름으로 관리국에 전송한 보고서를 성골 그룹의 인원도 읽은 모양이었다. 보고서에 준석은 사망 처리되어 있었지만, 현태는 아니었다.

"보고서를 확인했다면서 그런 말이 나옵니까? 성골 그룹이 무슨 짓을 했는지 자세히 적혀 있었을 텐데요?"

"그건 그거고, 이건 이겁니다. 저는 서로 상관없다고 생각합니다."

병우가 뻔뻔한 태도를 보이자 성준은 어이가 없다는 표정으로 고개를 저었다.

보다 못한 정철이 한 걸음 앞으로 나섰다.

"그럼 정식으로 소송을 걸어주세요."

"이렇게 나오면 곤란할 겁니다."

병우는 여전히 뻔뻔하게 응수했다. 그 모습에 성준은 차가운 시선을 보냈다.

"법대로 하세요."

그렇게 대답하고는 근처에서 대기하고 있던 이든의 팀원을 향해 이쪽으로 오라고 손짓했다. 그가 달려오자 성준은 병우를 힐끗 보며 입을 열었다.

"이분들 먼저 서울로 가신다고 하네요. 헬기 준비해 주세요."

"알겠습니다."

헌터는 고개를 끄덕인 뒤, 헬기를 호출했다. 그 모습을 지켜보던 병우는 안경을 고쳐 쓰며 인상을 찌푸렸다.

"이봐요! 당신이 무슨 권리로 나를 여기서 추방하는 겁니까?"

"여기는 기밀 작전 구역입니다."

정철이 말했다.

"누구 마음대로 기밀 작전 구역입니까? 여기는 성골 그룹의 사유지입니다!"

헬기 한 대가 근처에 착륙했다.

병우는 물러날 생각이 없다는 것을 목소리를 높여서 표현했다.

"보고서를 읽었을 텐데, 개소리가 청산유수네요. 모르는 척 하는 겁니까? 아니면 진짜 모르는 겁니까?"

정철이 차가운 목소리로 말했다.

"무, 무슨……."

"지금 이곳에는 이계 사건이 발생했습니다. 더 이상 여기는 대한민국 관할이 아니에요."

정철이 무슨 말을 하는지 알고 있었다. 하지만 이대로 물러날 수는 없었다. 그는 성골 그룹의 법무팀장이었고 반드시 현태의 안전을 확보해야만 했다.

"끌어내."

병우가 물러날 생각이 없어 보이자 결국 정철은 헌터를 시켜서 강제로 그를 헬기에 태울 수밖에 없었다.

"자, 잠깐…… 이대로는……!"

병우가 뭔가 말하려고 했지만 A급 헌터는 인간을 초월한 힘을 사용하여 그를 구속해서 헬기에 태웠다. 이륙한 헬기는 곧장 서울로 향했다.

"성골 그룹에서 가만히 있지는 않을 겁니다."

새로운 회장으로 현태가 나선 지 얼마 되지 않았다. 이 상황

에서 현태마저 잃게 된다면 성골 그룹은 크게 흔들릴 게 분명
했다. 정철의 말대로 가만히 앉아서 구경만 하고 있지는 않을
게 분명했다.

"법무팀장이 보고서를 읽은 것 같지?"

"기밀 등급을 설정해 두었습니다. 열람하는 건 불가능합니다.
아마 읽었다는 건 거짓말이고 마침 관리국에 있다가 엿들은 모
양입니다."

"그럼 우리가 어떤 증거를 가지고 있는지도 모르겠네?"

성준이 물었다. 정철은 고개를 끄덕이며 입을 열었다.

"그럴 확률이 매우 높습니다."

"그럼 놔둬."

"무슨 말씀이십니까?"

"날뛰도록 놔두라고."

성준의 입꼬리가 올라갔다. 그는 싸늘한 미소를 머금은 채
하늘을 올려다보았다.

"성골 그룹 쪽에서 미친 듯이 날뛸수록 역풍은 더 강하게 불
거야."

4장
내가 정의다

현성의 지휘하에 합동 조사팀의 1차 현장 조사가 끝났다.

성준은 현성에게서 대략의 상황을 보고 받은 뒤, 서울로 돌아가는 헬기에 탑승했다. 저택에 도착했을 때는 늦은 오후였다.

"길드장님 오셨습니까?"

성골 그룹 법무팀과 관련된 업무를 처리하기 위해 1시간 먼저 저택에 도착해 있던 정철이 착륙장으로 마중 나왔다.

조금 전까지 업무에 집중하고 있었던 것인지 왼손에 태블릿 PC를 들고 있었다.

"상황은?"

성준이 헬기에서 내리며 질문을 던졌다.

정철은 태블릿 PC의 화면을 재확인한 뒤, 대답을 하기 위해 입을 열었다.

"성골 그룹에서 움직이고 있습니다. 30분 안에 기자회견이 예정되어 있습니다."

"기자회견? 얼굴에 제대로 철판을 깔았네……."

착륙장에서 나와 저택으로 발걸음을 옮기며, 성준은 어이가 없다는 표정으로 고개를 저었다.

"성골 그룹에서는 저희가 모든 것을 알고 있다는 것을 모릅니다. 그래서 가능한 일이지요."

무식하면 용감하다는 말이 이 상황에 아주 잘 어울린다는 생각이 들었다.

"언론 통제를 요청할까요?"

"안 그래도 돼."

연합 위원회에는 그런 힘이 있었다. 하지만 성준은 고개를 저었다. 그는 굳이 언론을 통제할 필요가 없다고 생각했다. 성골 그룹에서 언론을 이용하는 것은 자신들의 무덤을 스스로 파는 것과 다름없었다.

모든 증거가 언론에 공개되었을 때 그들이 맞게 될 역풍을 생각하면 온몸이 짜릿했다.

"연합 위원회의 정보망을 동원해서 국내 주요 언론사들과 접촉할 준비는 해둬. 나중에 증거 자료 넘겨야 하니까."

준비는 철저할수록 좋았다.

"유사시에 기민하게 대응할 수 있도록 준비하겠습니다."

"이 문제는 네가 책임지고 처리해. 알아서 잘할 수 있지?"

성준이 물었다.

그는 정치인 아버지의 밑에서 여러 일을 처리해 온 정철이 이번 일의 책임자로 적합할 것이라고 생각했다.

제니퍼도 좋지만, 이왕이면 길드원을 쓰는 게 좋지 않겠는가?

그녀는 어디까지나 보조의 역할이다.

"최선을 다하겠습니다."

"권한 몇 개를 더 허용해 줄 테니까, 알아서 처리해."

성준은 연합 위원회 어플을 사용하여 정철에게 추가 권한을 허가했다. 그는 이미 간부 위원이었기 때문에 특별한 절차는 필요 없었다.

어플을 켠 김에 그는 이번에 S급 헌터가 된 신철까지 간부 위원으로 임명했다. 간부 위원 임명과 관련된 모든 권한은 연합 위원장인 성준에게 있었다. 그래서 그가 독단으로 임명을 진행해도 문제될 것은 없었다.

"확실하게 처리하겠습니다."

정철의 대답에 성준은 만족스러운 표정으로 고개를 끄덕였다. 그가 모든 수단과 방법을 동원해서 완벽하게 일을 처리한다는 것을 잘 알고 있기 때문에 안심할 수 있었다.

"나는 제로스한테 가볼게. 일 보고 있어."

"알겠습니다."

지하에 마련된 제로스의 마법 공방은 출입이 제한되어 있다는 것을 정철도 알고 있기에, 그는 짧은 대답과 함께 발걸음을 멈췄다.

성준은 지하로 내려가 문을 열고 공방 안으로 들어갔다. 내부는 어두웠다. 깊숙한 곳에서 기척이 느껴졌다.

성준은 그곳으로 발걸음을 옮겼다.

"강성준 경이십니까?"

제로스의 목소리가 들려왔다. 모퉁이를 돌자 테이블 앞에 앉아 있는 마도학자의 모습이 보였다. 술식 각인이라도 하는 것인지 마정석을 들고 마력을 운용하고 있었다.

"나 말고 올 사람은 없잖아."

"그건 그렇습니다."

성준의 대답에 제로스는 피식 웃으며 마정석을 내려놓았다. 그러고는 짧은 하품과 함께 성준을 향해 몸을 돌렸다.

희미한 조명 아래로 드러난 그의 얼굴에서 피곤한 기색이 역력했다. 그는 테이블에 놓인 머그컵을 입가로 가져가 물을 마셨다.

"이런 모습을 보이는 결례를 용서하시길…… 밤새 새로운 실험체와 즐거운 시간을 보내느라 조금 바빴습니다. 괜찮으시다면 실험체의 상태를 확인하시겠습니까?"

머그컵을 단숨에 비운 제로스는 벌떡 일어서더니 실험체, 준석이 '보관'되어 있는 곳으로 성준을 안내했다. 공방 깊숙한 곳에 위치한 감옥의 철창 안에 준석이 쓰러져 있었다. 모든 것을 포기한 것인지 눈동자에는 생기가 없었다.

-연극이 아니군요.

준석의 상태를 살핀 리슈발트가 자신의 의견을 말했다.

성준도 같은 생각이었다. 지금의 준석이 보이는 모습은 연기로 완성된 게 아니었다. 거짓 하나 없는 순수한 절망 그 자체였다.

"재밌게 놀았나 봐?"

복수할 기회를 노리며 연극을 이어가던 준석이 절망에 물들어 모든 것을 포기한 모습을 보이고 있으니, 몇 시간 동안 무슨 일이 있었던 것인지 궁금할 수밖에 없었다.

제로스는 준석을 향해 싸늘한 시선을 보내며 입을 열었다.

"희망은 빨리 버리는 게 좋다고 속삭여 주었습니다."

"무슨 일이 있었는지 대충은 알 것 같네……."

제로스는 굳이 설명하지 않았지만, 전생 로우켈의 이름을 가졌던 시절에 그를 알고 지냈던 기억이 있는 성준은 '속삭임'의 의미를 기억해 낼 수 있었다.

-한때 제국 최고였던 마도학자와 진한 시간을 보내는 건 안준석에게는 무리였을 겁니다.

리슈발트가 말했다.

아마, 준석에게는 끔찍한 하루였을 것이다. 유감스러운 일이지만 그는 앞으로 생명이 끊어지는 날까지 이런 날을 보내야만 할 것이었다. 제로스는 소생 기술도 많이 알고 있는 뛰어난 마도학자였다. 준석이 쉽게 죽도록 놔두지 않을 것이다. 실험을 위해 재활용을 거듭할 게 분명했다.

"안준석에 관한 문제는 다 맡길 거니까, 마음대로 해도 돼."

공식적인 보고서에서 준석은 사망한 것으로 처리되어 있었다. 애초에 연합 위원회의 보고서이기 때문에 기본적으로 간부 위원 이상만 열람할 수 있고, 다른 곳에서 요청하여 공개한다고 해도 문제 될 게 없었다.

"감사합니다. 최대한 오래 사용하겠습니다."

제로스가 대답했다. 그가 흥미를 보이며 오래 사용한다고 말하는 것은 준석에게는 유감스러운 일이었다.

준석의 상태를 한 차례 살피는 것을 끝낸 그는 제로스와 차를 마시며 짧은 대화를 나눈 뒤, 설아의 메시지를 받고 서재로 올라갔다.

[지금 성준 씨한테 갈게요. 중요한 일이에요.]

메시지 내용이었다. 중요한 일이라고 강조까지 했다. 서재에 도착한 직후, 문을 지키는 초소에서 설아가 탄 차량이 도착했다는 사실을 전달했다.

특별한 뉴스 기사가 있나 확인하고 있던 성준은 스마트폰을 내려놓고 그녀를 기다렸다.

차분한 노크 소리와 함께 문이 열리고 설아가 서재 안으로 걸어 들어왔다.

"성준 씨. 다치지는 않았죠?"

설아는 성준의 몸 상태부터 체크했다. 그녀는 강원도에서 전투가 발생했다는 사실을 알고 있었다.

"저는 괜찮습니다. 그것보다 급한 일이라는 건……?"

"성골 그룹에서 기자회견을 열었어요! 인터넷에서도 실시간으로 볼 수 있어요."

그러고 보니 조금 전에 정철이 성골 그룹에서 기자회견을 진행할 것이라는 보고를 했던 것 같았다.

성준은 뒤늦게 그 사실을 떠올리고는 고개를 끄덕였다.

스마트폰을 꺼내 인터넷에 접속했다. 심각한 표정의 성골 그룹 관계자가 화면에 들어왔다. 그는 주위를 한 차례 훑더니, 준비한 서류를 재확인했다. 그러고는 정면의 카메라를 응시하며 입을 열었다.

-저희 성골 그룹이 어젯밤, SS급 헌터로부터 테러를 당했습니다.

어이가 없는 멘트가 시작을 알렸다. 기자회견은 1시간 동안 진행되었다. 대부분 선동과 날조로 이루어져 있었고 그럴듯한 자료가 첨부되어 있었다. 몇 시간 만에 교묘하게 자료를 조작한 성골 그룹의 능력에 성준은 혀를 내두를 수밖에 없었다.

당연한 이야기지만 인터넷은 난리가 났다. 사람들이 좋아할 만한 자극적인 소재로 끼워 맞춘 자료들이었기 때문에 그럴 수밖에 없었다.

"어이가 없네요."

기자회견이 끝나기 무섭게 설아가 짧은 한숨과 함께 내뱉은 말이었다.

모든 사정을 알고 있는 사람이 보기에는 어이가 없는 일이었지만 과연 전후 사정을 모르는 네티즌들도 그렇게 생각할까?

스스로에게 질문을 던진 성준은 이내 고개를 저었다.

"반박 보도 자료 준비할까요?"

"아니요. 조금만 상황을 지켜보죠."

"얼마나 더 지켜봐야 하는 거예요? 저는 성준 씨가 아무것도 모르는 사람들에게 이런 말을 들어야 한다는 게 가슴이 아파요."

설아의 목소리에서 물기가 묻어 나왔다.

성준은 미소를 지으며 입을 열었다.

"이틀 정도면 적당할 것 같네요. 이틀 뒤에 다 공개해 주세요. 정철이가 먼저 기사를 내보낼 거예요."

지금쯤 정철은 국내 주요 언론사들과 접촉 중일 것이다.

"알겠어요."

설아는 고개를 끄덕이며 성준의 품속으로 파고들었다.

'이틀 남았다.'

이틀이 지나면 성골 그룹을 무너뜨릴 계획의 신호탄이 발사될 것이었다.

[충격! SS급 헌터의 인간 사냥?]

[대한민국에서 벌어진 끔찍한 학살!]

[강성준에게 묻고 싶다! 우리는 알고 싶다!]

[고위 헌터에 대한 특혜, 이대로 괜찮은가?]

국내 주요 언론사들은 미친 듯이 기사를 쏟아냈다. 사람들이 좋아할 만한 자극적인 제목과 내용의 기사가 많았다.

성골 그룹에서 기자회견을 연 다음 날이었다. 이번 강원도 전투의 합동 조사팀장을 맡은 현성이 저택을 방문했다.

"강성준 씨. 괜찮으십니까?"

현성이 성준의 앞에 앉기 무섭게 그의 안부부터 물을 정도로 인터넷 상황은 심각했다. 파주의 영웅이 추락하는 건 한순간이었다.

"아무 문제 없습니다."

성준은 차분한 목소리로 대답했다. 모든 것은 계획대로 흘러가고 있었다.

하지만 현성은 여전히 걱정된다는 표정으로 입을 열었다.

"지금이라도 정정 보도를 내야 하지 않겠습니까?"

"급하게 갈 필요는 없죠."

"정정 보도가 늦어질수록 여론은 악화될 겁니다."

현성의 말도 틀린 것은 아니었다.

성준은 고개를 끄덕였다. 그의 입가에 미소가 번졌다.

"설마 여론이 악화되는 걸……"

"네. 내버려 둘 생각입니다. 국내 주요 언론사 14곳을 완벽하게 장악했습니다. 내일이면 동시에 증거 자료를 첨부한 정정 보도가 나갈 겁니다. 이제 길 잃은 화살은 어디로 향할까요? 나 같으면 쪽팔려서라도 거짓 정보를 흘린 쪽으로 향할 것 같은데……"

성준이 차분하게 설명했다.

현성은 마른침을 삼켰다.

"강성준 씨…… 생각보다 무서운 분이셨군요."

"지금이라도 아셨으면 된 겁니다."

그는 미소를 머금은 채 농담하듯 말했지만, 진담이 섞여 있다는 것을 모를 정도로 현성은 사회 초년생이 아니었다.

그는 어색한 표정으로 고개를 끄덕였다.

"그리고 한 가지 요청하고 싶은 게 있습니다."

"말씀하시죠! 관리국은 언제나 강성준 씨의 편입니다!"

성준이 말했다. 현성은 흔쾌히 고개를 끄덕였다.

"등급 재심사를 요청합니다."

"서, 설마……."

SS급 위에는 하나밖에 없다.

"그 설마입니다."

성준이 대답했다.

성준은 등급 재심사와 관련된 일을 조용히 처리할 필요 없다고 넌지시 말했기에 현성은 잠시 복도에서 헌터 관리국에 전화를 걸었다.

-김현성 씨? 직통으로 연락한 건 오랜만이네요. 무슨 일이죠?

스마트폰에서 차분한 목소리가 흘러나왔다.

전화를 받은 사람은 조사과장 박병서가 아니라 관리국 총괄국장, 이승태였다.

현성은 성준을 집중적으로 전담하게 되었을 때 승태의 직통 연락처를 받았었지만 직접 연락한 적은 드물었다.

"강성준 씨가 등급 재심사를 요청했습니다."

-벌써요?

승태는 경악했다. 헌터들은 성장한다고 하지만, 성준은 SS급 헌터가 된 지 얼마 되지 않았다. 그래서 놀랄 수밖에 없었다.

"만약 SSS급 판정을 받는다면 정말 괴물 같은 성장 속도인 겁니다."

-정말 SSS급이라면…… 대한민국도…….

승태는 말의 끝을 흐렸다.

세계에서 SSS급 헌터는 레이아가 최초이자 유일했다. 성준이 정말 SSS급 헌터가 된다면 대한민국은 그를 보유하고 있다는 사실만으로도 세계 각국에 강력한 영향력을 행사할 수 있게 된다.

"강성준 씨께서 재심사 인원을 최대한 빨리 보내달라고 하셨습니다."

현성이 말했다.

-지금 당장 보낼게요. 30분 안에 도착할 겁니다.

"감사합니다."

통화가 끝났다. 현성은 다시 문을 열고 서재 안으로 들어갔다.

성준은 어느새 창가 쪽에 서 있었다.

"심사관을 이쪽으로 보내준다고 하셨습니다. 30분 안에 도착할 겁니다."

"마침 잘 되었네요. 제가 부른 기자들도 그즈음에 도착할 거라서요."

"기자들이요?"

예상하지 못했던 대답에 현성이 되물었다.

성준은 희미한 미소를 머금은 채 입을 열었다.

"역사적인 순간을 기록해야 하지 않겠어요?"

그가 부른 기자들은 국내 주요 언론사 14곳에서 내일 정정보도를 낸 직후에, 성준의 SSS급 판정 사실을 기사로 쏟아낼 것이다.

현성도 곧 성준의 의도를 깨닫고는 고개를 끄덕였다.

'강성준…… 생각보다 무서운 사람이었어……. 적으로 돌리면 안 되겠군…….'

현성은 그렇게 생각하며 마른침을 삼켰다. 예전에 처음 만났던 어리바리했던 헌터는 이제 이곳에 없었고, 노련한 '사냥꾼'만이 있을 뿐이었다.

"조금만 기다리면 다들 오겠네요."

시간은 빠르게 흘러가고 있었다. 먼저 도착한 쪽은 기자들이었다. 성준은 자세한 설명을 하지 않았지만, 특종 냄새를 맡은 14명의 기자가 심사관보다 빨랐다. 10명이 넘는 인원이 있기에 응접실은 조금 좁게 느껴졌다.

성준은 그들을 정원으로 데려갔다.

"심사관이 근처에 도착한 것 같습니다."

잠시 전화를 받고 온 현성이 성준을 보며 말했다.

그리고 3분이 지나지 않아서 대문을 지나 정원으로 들어온 검은 세단에서 심사관 2명이 내렸다.

명찰을 보니 모두 과장급의 간부들이었다. 그리고 마지막으로 총괄국장 이승태가 뒷좌석에서 내렸다. 기자들은 총괄국장의 등장에 카메라 셔터를 눌렀다.

승태는 성준에게 다가가 반갑게 인사를 건넸다. 서로의 안부를 묻는 짧은 대화가 끝나자 심사관이 기자들의 눈치를 살피며 조심스럽게 다가와 입을 열었다.

"강성준 헌터님? 괜찮으시다면 바로 재심사를 시작해도 되겠습니까?"

"빠를수록 좋죠."

성준이 흔쾌히 고개를 끄덕이며 대답하자 심사관 한 명이 가방에서 전용 계측기를 꺼냈다. 체내의 마력을 측정하는 과정이 진행되었다.

"세상에……."

측정이 끝나고 결과를 확인하기 위해 계측기 화면으로 시선을 옮긴 심사관은 믿을 수 없다는 표정으로 말꼬리를 흐렸다.

근처에서 대기하고 있던 기자들은 심사관의 혼잣말에 가까운 작은 목소리를 놓치지 않았다.

그들은 누가 먼저랄 것도 없이, 심사관의 뒤로 이동하여 계측기 화면을 확인했다.

"SSS급이라고……?"

"트, 특종이다! 빨리 찍어!"

기자들이 셔터를 눌렀다.

"내일, 저와 관련된 모든 기사가 내려가고 정정 보도가 올라갈 겁니다."

기자들은 셔터를 누르는 것을 잠시 중단하고 성준에게 집중했다.

"정정 보도가 올라가면 제가 SSS급 판정을 받은 사실을 올려주셨으면 합니다. 아마, 회사로 돌아가면 보도국장 분들이 따로 요청할 겁니다."

성준이 말했다.

기자들은 마른침을 삼켰다. 보도국장들이 따로 요청할 정도라면 이미 언론 쪽의 장악은 끝났다는 것을 의미했다.

'지금까지 정정 보도를 내지 않았던 건 다 계획이었던 건가?'

'언론은 처음부터 성골 그룹의 편이 아니었군.'

모든 상황은 성골 그룹이 주도하고 있는 줄 알았는데, 알고 보니까 뒤에서 조종하고 있던 사람은 따로 있었던 것이었다. 기자들은 성준을 생각보다 무서운 인물로 재평가해야만 했다.

"기사 쓰는 건 걱정하지 마세요!"

기자 한 명이 자신감 넘치는 목소리로 말했다.

그를 보며 성준은 미소를 지었다.

"기대하겠습니다."

다음 날 아침, 성골 그룹에서 주장한 내용을 담은 모든 뉴스 기사가 내려가고 정정 보도가 올라갔다.

[충격! 성골 그룹이 차원 관문을 열다!]

[그는 피해자일 뿐! 배후에는 성골 그룹이 있었다!]

[강성준! 학살극을 막아내다!]

동시에 성준의 SSS급 판정 사실도 기사화되었다.

[대한민국 최초 SSS급 헌터가 탄생하다!]

[영웅의 탄생.]

[세계 유일의 이름이 무너지다.]

스마트폰으로 인터넷 기사를 읽는 성준의 입가에 미소가 번졌다. 여론 조작에서 정정 보도는 크게 의미가 없지만 한 번에 주요 언론사 14곳에서 동시에 기사를 올리니 효과가 좋았다.

"연합 위원회에서 언론을 완전히 장악했습니다. 네티즌 반응도 우호적으로 변했습니다."

정철이 보고했다.

어젯밤까지만 해도 성준을 물어뜯던 네티즌들이 대규모 정정 보도 이후로 태도를 바꿔 성골 그룹을 공격하기 시작했다. 이틀 전까지만 해도 성준의 헌터 자격을 박탈하고 현태를 풀어달라는 서명 운동까지 벌어졌었지만, 이제는 상황이 완전히 변했다. 서명 운동을 벌였던 사이트는 폐쇄되었고 시위 계획을 잡았던 이들은 모습을 감췄다.

"모든 상황이 계획대로 통제되고 있습니다. 이제 다음 순서로 넘어가도 될 것 같습니다."

"청와대에 연락해서 압박 시작하라고 해."

"알겠습니다."

정철은 고개를 끄덕인 뒤, 스마트폰을 들어 올려 청와대 관계자한테 전화를 걸었다.

성준의 계획과 관련해서 서로 합의를 본 상황이었기 때문에 통화가 길게 이어지지는 않았다.

"청와대 관계자한테 전달했습니다. 곧 제재가 가해질 겁니다."

청와대도 모든 것을 알고 있었다. 그들은 관리국 합동 조사팀으로부터 모든 내용을 보고 받았고 먼저 나서서 성준에게 지원 사격을 약속했었다.

성준은 그들에게 계획의 일부분을 전달했고 청와대는 흔쾌히 수락했다.

"길드장님. 청와대에서 안현태의 신변을 요구하고 있습니다. 계획과는 다른 일인데, 어떻게 할까요?"

합의되어 있지 않은 내용이었기 때문에 정철은 전권을 허락받았음에도 불구하고 성준에게 상황을 전달하면서 조언을 구했다.

"청와대가 원하는 걸 하나 정도는 들어줘도 상관없겠지. 그냥 넘겨."

"알겠습니다. 그렇게 진행하겠습니다."

정철은 다시 청와대에 전화를 걸어서 성준의 뜻을 전달했다. 그러고는 스마트폰을 주머니에 넣으며 성준을 향해 고개를 돌렸다.

"처리했습니다. 연합 위원회에서 확보한 성골 그룹의 비리 장부와 차명 계좌 등이 오늘 청와대로 넘어가면 세무 조사를 포함한 법 집행이 있을 거라고 합니다."

세계의 모든 정보기관을 움직일 수 있는 연합 위원회의 정보력은 성골 그룹이 철저하게 숨겨온 그림자를 밝혀냈다. 본래 연합 위원회는 성준이 수장으로 있지만, 일반 사건에는 움직이지 않지만, 성골 그룹이 이계인들과 손을 잡으면서 '이계 사건'이

되었다. 덕분에 성준은 아무런 제약 없이 연합 위원회를 움직일 수 있었다.

"현태를 어떻게 처리할 생각이래?"

"정부의 비밀 구치소에 임시 수감할 생각이라고 합니다."

정철이 대답했다.

성준은 짧은 한숨을 내쉬었다. 비밀 구치소라고는 하지만 성골 그룹에서 모를 리가 없었다.

"위치 알아낸 다음에, 신철이랑 장훈이 매복시켜 둬. 성골 그룹에서는 자기네 회장을 빼내려고 할 게 분명하니까."

"알겠습니다. 전달해 두겠습니다."

정철이 고개를 끄덕였다.

"공격이 발생해도 나서지 말라고 해."

"미행만 지시해 둘까요?"

"역시 이해가 빨라."

성준은 만족스러운 표정으로 고개를 끄덕였다.

현태를 넘겨달라고 한쪽은 대한민국 정부였으니까, 그를 지키지 못한다면 책임이 있는 건 성준들이 아니었다. 괜히 도와줄 필요 없었다.

신철과 장훈의 행동으로는 '미행'이 적당했다.

대화가 잠시 중단되고 정철이 스마트폰을 꺼내 확인했다.

"지금 막 메시지가 도착했습니다. 안현태의 신변을 확보하기 위한 인원을 보낸다고 하는군요. 제 생각이지만 무장경찰국의 병력이 동원될 것 같습니다."

어쩌면 '백호'의 요원들이 일부 동원될 수도 있었다.

"강원도 전투에서 협력하는 길드들이 큰 피해를 입었다고는 하지만 성골 그룹은 자금을 많이 보유하고 있으니, 외국의 헌터들이 동원될 가능성도 무시해서는 안 된다고 생각합니다."

"신철과 장훈 말고 추가 인원의 배치를 건의하는 건가?"

성준이 물었다.

정철은 고개를 끄덕이며 입을 열었다.

"그렇습니다. 연합 위원, 나준열의 전술 배치를 건의합니다."

대한민국의 S급 헌터 중에서도 상위권의 실력을 가진 나준열의 지원을 받는다면 분명 큰 도움이 될 것이다.

하지만 성준은 흔쾌히 고개를 끄덕이지 않았다. 이유가 있었다.

"나준열은 연합 위원회 소속이지만 대한민국에 절대적인 충성을 하는 헌터야. 상황이 발생하면 미행보다는 바로 지원 행동에 나설 거다."

"제가 생각이 짧았습니다."

"그래서 이번에 구치소에 신철과 장훈을 배치하는 건 연합 위원회의 공식적인 작전으로 취급하지 않을 거야. 연합 위원회의 병력을 움직이는 게 아니라, '로드'의 길드원들을 움직이는 형태로 진행할 생각이야."

신철과 장훈은 로드 길드의 길드원이었고, 성준은 길드장이었다. 그들은 길드원으로 동원된 것이었다. 군이 연합 위원회에 공식적인 작전 등록을 할 필요가 없다는 것이었다.

"은밀하게 진행해."

"그리고 확실하게 처리하겠습니다."

정철이 대답과 함께 남은 일의 처리를 위해 물러갔다.

그리고 얼마 지나지 않아서 무장경찰국의 간부가 호송대와 함께 저택을 방문했다.

성준은 현태의 인도 과정을 옆에서 지켜봤다.

"확실하게 할 수 있죠?"

성준은 무장경찰국 간부를 보며 물었다.

"물론입니다. 저희가 철저하게 감시할 겁니다."

무장경찰국 간부가 자신감 넘치는 목소리로 대답했지만 성준은 그들을 크게 신뢰하지 않았다. 고급 헌터 전력은 적었기 때문이다. 성골 그룹이 해외의 헌터들을 동원하면 대응하기 힘들 것이었다.

"제가 지켜보겠습니다."

성준이 차가운 목소리로 말했다. 그러면서 호송 차량에 탑승하는 현태에게 시선을 옮겼다.

그는 성준을 보며 입꼬리를 끌어 올렸다.

현태는 비밀 구치소에 구금되었고 성골 그룹에는 강력한 세무조사가 시작되었다. 그들에 대한 네티즌들의 비난은 시간이 지날수록 수위가 높아졌다. 대기업에서 레이드 상황을 고의적으로 유도했다는 이 미친 사실은 해외 언론에서도 주목했다.

대한민국은 물론이고, 전 세계적으로 레이드 상황으로 사랑하는 사람을 잃은 이들은 많았기 때문에 성골 그룹의 편에 서는 자들은 드물었다.

하지만 전혀 없는 것은 아니었다.

"모두 모였습니까?"

"네. 유선희 집행부장님."

선글라스를 쓴 헌터가 선희를 보며 대답했다.

두 사람의 앞에는 20명이 넘는 수의 헌터들이 모여 있었다. 모두 성골 길드 집행부 소속의 헌터들이었다. 최상위권의 길드답게 모두 최소 B급 이상의 헌터들이 모였다.

선희는 날카로운 눈빛으로 그들을 빠르게 훑으며 입을 열었다.

"다들 알겠지만 길드장님께서 정부의 비밀 구치소에 구금되었습니다."

안타깝다는 목소리였다. 자책감이 묻어나오는 것 같기도

했다.

선희는 강원도 전투 때 다른 임무를 수행하고 있었다. 그래서 현태의 곁을 지키지 못했다. 그래서 가슴이 아팠다.

현태를 향한 그녀의 충성심은 '특별'했다.

"우리는 길드에 충성하는 집행부입니다. 이대로 침묵해서는 안 됩니다."

"그래서 저희가 어떻게 해야 한다는 말입니까?"

집행부 헌터 한 명이 날카로운 목소리로 말했다. 일반 길드 원들과 달리 집행부 소속의 헌터들은 특별 대우를 받기 때문에 길드에 대한 충성심을 가지고 있는 경우가 많다고는 하지만 중세 시대도 아니고, 현대의 충성심에는 한계가 있었다.

"구출해야 합니다."

선희는 한 치의 망설임도 없이 대답했다.

"길드장님은 법무부의 비밀 구치소에 있다고 하지 않으셨습니까? 국가 기관을 공격한다는 말로 들리는 데요? 혹시 제가 잘못 들은 겁니까?"

집행부 헌터 한 명이 싸늘한 표정으로 질문을 던졌다. 원래 길드 집행부는 피를 묻히는 일이 많았지만, 국가를 상대로 파괴 및 공격 활동을 하는 것은 결코 가벼운 일이 아니었다.

"제대로 들었습니다. 국가 기관을 공격한다는 게 맞습니다."

"후폭풍은 생각하고 행동하시고 계획하신 겁니까?"

"성골 그룹과 길드가 무너지면 선봉에서 더러운 일만 해온 우리가 무사할 거라고 보십니까?"

"관련 자료를 아직 폐기하지 않은 겁니까?"

집행부 헌터 한 명이 발끈한 목소리로 물었다. 모든 일에는 자료가 남게 마련이다. 그것은 피를 묻히는 일을 하는 길드 집행부 역시 마찬가지였다.

"길드마다 다르겠지만 우리 쪽은 관련 자료에 대한 접근 권한이 모두 길드장님에게 있습니다. 그리고 자료를 모두 폐기한다고 해도 조금의 흔적은 남을 겁니다. 이게 무슨 말인지 알 거라고 봅니다."

차가운 목소리고 허공에 흩어졌다.

집행부 헌터 한 명이 굳은 얼굴로 입을 열었다.

"우리가 살려면 길드가 무너지면 안 된다는 말이군요."

"맞습니다. 길드가 무너지면 우리도 다 죽습니다. 어차피 출국 금지 조치까지 내려왔으니, 우리가 할 수 있는 일은 길드장님을 구출하는 것밖에 없습니다."

선희가 말했다. 다른 집행부 헌터들도 고개를 끄덕였다.

살기 위해서는 살아남은 집행부 전체가 움직일 수밖에 없었다.

-성골 길드에서 움직일까요?

리슈발트가 물었다.

성준은 찻잔을 입가로 가져가며 고개를 끄덕였다.

"성골 길드의 집행부 구조로 볼 때, 구하러 올 확률이 높다고 생각해. 자료 폐기 권한도 한정되어 있고, 집행부 병력도 아직 남아 있으니까."

그들의 선택지는 한정되어 있었다. 얼마 지나지 않아서 찻잔이 바닥을 드러냈다.

차분한 표정으로 찻잔을 내려놓는 순간 노크와 함께 눈이 열리고 정철이 걸어 들어왔다.

"길드장님. 성골 길드에서 집행부를 움직였습니다. 20명 이상의 헌터들이 안현태가 수감된 구치소로 은밀하게 이동 중입니다. 구치소의 경비 병력으로는 방어가 불가능할 정도입니다."

"신철이랑 장훈이한테 미행 준비하라고 연락해."

성준이 지시를 내렸다.

정철은 대답 대신 고개를 끄덕이며 스마트폰을 꺼냈다. 비밀 구치소 근처에서 몸을 숨기고 있던 신철과 장훈한테 명령이 전달되었다. 얼마 지나지 않아서 공격이 시작되었다.

신철과 장훈이 지켜보는 가운데, 성골 길드 집행부 헌터들은 구치소의 경비 병력을 무력화시키고 수감되어 있던 현태를 탈출시켰다.

"안현태가 탈출에 성공했다고 합니다. 현재 유신철 씨와 박장훈 씨가 미행 중입니다."

두 사람은 성준의 지시대로 구치소 방어를 지원하지 않고 미행에만 나섰다.

성준은 만족스러운 표정으로 고개를 끄덕였다.

"지금은 계속 이동 중이라고 합니다. 위치 정보를 계속 보내 주고 있습니다."

정철은 계속해서 정확한 위치를 보고해 주었다.

"이동 경로를 보니까 서울을 벗어나려는 것 같습니다."

"무장경찰국의 대응은?"

"순찰을 강화하고 주요 도로에서 검문을 강화하고는 있지만, 대처가 빠른 편은 아닙니다. 무장경찰국이 안현태를 잡을 수 있을 것 같지는 않습니다."

무장경찰국에서 따로 보고를 전달하지는 않았지만 뿌려놓은 정보원들이 많았기 때문에 정철은 상황이 어떻게 진행되는지 자세히 알 수 있었다.

"직접 움직일 생각이십니까?"

벽에 걸어둔 사제복을 집어 드는 성준의 모습을 보며 정철이 물었다. 성준은 고개를 끄덕이며 입을 열었다.

"신철이한테는 내가 갈 거니까, 나설 필요 없다고 말해."

"알겠습니다."

정철은 스마트폰을 들어 올려 신철에게 지시를 전달했고 성준은 무장을 갖추고 저택을 나섰다. 왼손에는 정철이 준 위치 추적기를 들고 있었다.

그는 한석이 운전하는 세단을 타고 현태의 움직임이 멈춘 장소에 도착했다.

인천의 부두 중 한 곳이었다.

성준은 이 근처에서 대기하고 있던 신철, 그리고 장훈과 합류했다.

"형님!"

장훈이 성준은 반갑게 맞이했다.

"고생이 많았어. 안현태는 어디에 있는 거야?"

"저기 보이는 창고로 들어갔습니다. 뭔가를 기다리고 있는 것 같습니다."

"밀입국인가……?"

성준은 혼잣말을 내뱉었다.

지금 현태가 기댈 곳은 배를 통한 밀입국뿐일 것이다. 중국으로 건너가서 후일을 도모할 생각인 것 같았는데, 성준은 이대로 그들을 보내줄 생각이 없었다.

"변형."

시동어를 내뱉자 반지 모양이었던 로엘이 검의 형태를 갖췄다. 성준은 날카로운 시선으로 주변을 훑으며 발걸음을 옮겼다.

"내가 처리한다. 둘은 도망치는 놈들이나 정리해."

말을 마치며 고속 이동술을 펼쳤다. 그는 창고의 두꺼운 벽을 뚫고 내부로 침입했다. 동시에 검을 휘두르자 집행부 헌터 2명이 피를 쏟으며 쓰러졌다.

"길드장님을 보호하세요!"

기습을 알아챈 선희의 목소리가 허공에 울려 퍼졌다.

"크아아악!"

"으아아악!"

그들이 뒤늦게 무기를 뽑아 드는 동안 2명의 집행부 헌터가 더 쓰러졌다. 피가 차가운 회색의 바닥을 붉게 물들였다.

"어, 어디야!"

"보이지 않습니다!"

"광역 마법이라도 퍼부어!"

하지만 광역 마법의 캐스팅을 끝내기도 전에 마법계 헌터의 가슴에 단검이 날아와 꽂혔다.

갑작스러운 공격에 창고 안은 대혼란이었다. 성골 길드 집행부의 헌터들은 제대로 된 저항조차 못 하고 허수아비처럼 쓰러졌다.

'이, 이럴 수가!'

선희의 눈동자가 지진이라도 난 것처럼 요동쳤다. 눈앞에서 부하들이 죽어가고 있었다. 모두 B급 이상의 헌터들로 구성된 정예들이었지만 제대로 된 저항조차 하지 못하는 모습에 그녀는 경악할 수밖에 없었다.

"기, 길드장님!"

옆에 있는 현태를 향해 손을 뻗었다. 그러나 닿지 못했다.

"꺄아아아악!"

아찔한 고통과 함께 피 분수가 흩뿌려졌다. 팔이 잘린 것이었다. 그녀는 비명을 내질렀다.

"서, 선희야!"

현태가 다가가려고 했지만, 그의 발치에 단검이 날아와 꽂혔다. 그리고 성준이 어둠 속에서 모습을 드러냈다.

"움직이면 죽는다."

"어차피 다 죽일 생각이지 않습니까……?"

선희는 대답과 함께 눈동자를 움직여 주변을 살폈다. 부하들은 모두 싸늘한 시체가 되어 있었다.

성준은 사제복에 묻은 피를 털어내며 두 사람과의 거리를 천천히 좁혔다.

"그럴 수도 있고."

목소리가 차가웠다.

선희는 힘겹게 검을 들어 올렸다.

"길드장님. 제가 시간을 벌겠습니다. 도망치세요."

그녀는 성준이 SSS급 헌터 판정을 받았다는 것을 알고 있었지만, 전력을 다하면 현태가 잠깐이나마 몸을 피할 시간을 벌수 있을지도 모른다고 생각했다.

선희가 오러를 강화한 순간, 성준은 그녀의 생각이 틀렸다는 것을 몸소 증명해 주기 위해 발을 뗐다.

"아······?"

뭔가가 스쳐 지나간 것 같았다. 하지만 눈에 보이지는 않았다. 그리고 다음 순간 흉부에서 끔찍한 고통이 느껴졌다. 이어서 입 밖으로 붉은 피가 쏟아졌다.

선희가 힘없이 쓰러지고 성준의 시선은 현태에게 향했다.

살기 가득한 눈동자를 마주하자 현태는 머릿속이 하얗게 방전되는 것 같은 기분을 느꼈다.

'이게 SSS급 헌터······.'

아무것도 할 수 없었다. 그 또한 B급 헌터였지만 저항해서 살아남을 수 있을 것이라는 생각이 들지 않았다. 오히려 마력을 감지할 수 있는 헌터였기 때문에 성준의 강함을 조금이나마 짐작할 수 있었고, 그것은 곧 절망을 불러일으켰다.

"걱정하지 마. 안 죽일 거니까."

"뭐······ 라고······?"

현태는 자신의 귀를 의심했다.

탈출이 실패하고 선희가 피를 흘리며 쓰러지는 모습을 봤을 때만 해도 성준에 의해 꼼짝없이 죽을 줄 알았다.

"성골이 무너지는 건 보고 죽어야 하지 않겠어?"

성준은 싸늘한 웃음을 흘리며 말했다.

현태는 소름이 돋는 것을 느꼈다. 눈앞의 SSS급 헌터는 결코 적으로 만들면 안 되는 자였다. 뒤늦게 후회했지만 이미 늦었다. 엎질러진 물은 다시 담을 수 없었다.

-유신철과 박장훈이 오고 있습니다.

리슈발트가 말했다.

진한 피 냄새가 가득한 창고 안으로 신철과 장훈이 걸어 들어왔다.

성준은 그들을 보며 입을 열었다.

"무장경찰국에 연락해."

"형님! 안현태를 넘길 생각입니까?"

장훈이 물었다. 그는 현태를 제대로 간수하지 못한 무장경찰국에 불만을 품은 것 같았다.

"그럴 생각은 없어. 뒷정리나 부탁하려고."

무장경찰국은 현태를 관리하지 못했으니 성준도 다시 현태를 다시 그들의 관할로 넘길 생각이 없었다. 그는 신철과 장훈에게 현태의 처리를 맡기고는 먼저 저택으로 돌아왔다.

"리슈발트, 동조율은?"

서재로 들어온 그는 리슈발트를 슬쩍 보며 물었다. 선희를 죽인 뒤, 충실하게 마력을 흡수했다. 신체의 변화가 조금 느껴지고 있었다.

-조금 전의 전투로 인해 동조율은 80%가 되었습니다. 참검의 제한이 완전 해제되었습니다.

그동안 동조율 상승이 없어서 그런지 이번 전투로 동조율 80%가 되어 참검이 완전 해방되었다.

리슈발트의 보고에 성준은 만족스러운 표정으로 고개를 끄덕였다. 이것으로 전생에 가졌던 최강의 이름에 조금 더 가까워졌다.

성준은 무장경찰국의 실수에 대해 안타깝게 생각한다는 내용의 공문을 작성해 보냈다. 연합 위원장의 이름으로 보낸 것은 아니었지만 SSS급 헌터의 이름이 가지는 무게 또한 절대 가볍지 않았다.

공문을 보내고 1시간이 지나지 않아서 '사람을 보내겠다'라는 내용의 무장경찰국 답신이 도착했다.

-주군. 무장경찰국에서 누구를 보낼 거라고 생각하십니까?

"그래도 SSS급 헌터가 유감을 표했는데, 최소한 고위 간부가 찾아와야 하지 않을까?"

다음 날, 저택을 찾아온 사람은 무장경찰국의 고위 간부인

152 소드마스터 힐러님 10

나준열이었다.

성준은 응접실에서 그를 맞이했다. 두 사람은 가볍게 인사를 나누고는 서로를 마주 보고 앉았다.

"나준열 씨가 올 줄은 몰랐습니다."

성준이 말했다.

준열은 착잡한 심정으로 입을 열었다.

"이런 일로 찾아와서 죄송합니다. 다시는 이런 일이 벌어지지 않도록……."

"저는 무장경찰국장이 올 줄 알았거든요."

준열은 성준의 말에 뼈가 섞여 있는 것을 쉽게 알 수 있었다.

"죄송합니다……."

"나준열 씨의 잘못이 아닙니다. 그리고 나준열 씨를 탓할 생각도 없어요. 저는 이 모든 일의 원인인 무장경찰국장이 직접 찾아왔으면 한다는 것일 뿐입니다."

현태의 신변을 인도해 줄 것을 요구한 사람이 무장경찰국장이었다. 그에게 직접적인 책임이 있었다.

성준은 그를 만나서 잘못을 묻고 싶었다. 무장경찰국장은 성준과 안면이 있는 준열을 이용하려고 했던 것 같았다.

'내가 바보도 아니고…….'

이런 식의 잔머리는 오히려 기분을 더 나쁘게 만들 뿐이었다. 무장경찰국장의 1차원적인 생각에 성준은 짧은 한숨과 함께 고개를 저었다.

"나준열 씨. 지금 당장 무장경찰국장한테 연락하세요. 이 일을 해결하고 싶으면 직접 찾아오라고."

성준은 단호하고 강한 태도를 보였다. 이렇게 하지 않으면 준열이 스스로 해결하려고 할 수도 있기 때문이었다.

"알겠습니다. 지금 국장님한테 연락하겠습니다."

준열은 잠시 고민했지만 이내 방법이 없다는 것을 깨닫고는 순순히 고개를 끄덕였다. 그는 성준에게 양해를 구한 뒤, 잠시 응접실 밖에서 무장경찰국장 이규철에게 전화를 걸었다.

5분 정도의 시간이 지나자 다시 그가 응접실 안으로 들어와 성준의 앞에 앉았다.

"전달했습니다. 국장님께서 지금 이곳으로 오고 계십니다."

"좋습니다. 이걸로 '대화'를 할 수 있겠네요."

대화를 진행할 최소한의 여건이 완성되었다. 성준은 만족스러운 표정으로 고개를 끄덕였다.

규철은 성준을 오래 기다리게 하지 않았다. 준열이 처음 연락을 하고 1시간이 지나지 않아 도착했다. 헬기를 타고 온 것이었다.

"무장경찰국장이 본채로 오고 있습니다."

한석이 보고했다. 정원을 지키고 있는 경호원으로부터 무전을 받은 것이었다.

곧 응접실로 무장경찰국장 이규철이 땀을 삘삘 흘리며 들어왔다. 6월 초라서 땀을 흘릴 만한 기온은 아니었다. 아무래도 급한 마음에 착륙장에서 저택 본채의 응접실까지 뛰어온 것 같았다.

"나준열 부장은 먼저 돌아가 주겠나?"

규철이 말했다. 지시가 아니라, 부탁에 가까웠다. 지금부터 성준에게 사과를 해야 하는데, 그 모습을 준열에게 보여주고 싶지 않은 것이었다.

"알겠습니다."

"고맙네."

준열도 지금 상황이 어떻게 돌아가는지 대충 눈치채고 있었기 때문에 말을 덧붙이지 않았다. 그는 고개를 끄덕이고는 조용히 응접실에서 나갔다.

"너도 나가 있어."

"알겠습니다."

벽 쪽에 서 있던 한석도 성준의 지시에 짧은 대답과 함께 밖으로 나갔다. 이건 무장경찰국장에 대한 배려였다.

한석이 응접실 안에 남아 있다면 그도 자존심이 많이 상할 것이다. 성준은 항의를 할 생각이었지, 규철의 자존심을 긁어서 적으로 만들 생각은 없었다.

-현명한 판단이십니다. 역시 주군이십니다!

미소를 머금고 싶었지만 지금은 그럴 분위기가 아니었다. 성준은 눈앞에서 긴장한 채 앉아 있는 규철을 보며 입을 열었다.

"안현태의 신변을 인도하는 건 무장경찰국에서 요구했었습니다. 기억하고 있습니까?"

당시의 통화 내용의 녹음은 물론이고 메시지 내역도 저장되어 있었다.

"기억하고 있습니다. 제가 그렇게 지시했으니까요."

규철이 말했다. 부정할 생각은 없었다. 어차피 성준이라면 다 알게 될 문제였고, 고개를 젓는 것으로 해결되지 않는다. 오히려 더 복잡해질 게 뻔히 보였다.

"이번에 구치소가 습격받고 안현태를 일시적이지만 뺏겼다는 것에서 제가 추가로 설명드려야 할 내용이 더 있습니까?"

"아니요. 없습니다. 무장경찰국에 책임이 있다는 것을 인정합니다."

규철은 무장경찰국의 실수를 순순히 인정했다. SSS급 헌터를 상대로 구차한 변명을 늘어놓는 건 좋지 않다고 판단한 모양이었다.

성준은 그를 보며 고개를 끄덕였다. 내색하지는 않았지만, 진행 과정이 만족스러웠다. 생각보다 잘 풀릴 것 같았다.

"그렇다면 안현태의 신변을 당분간 이쪽에서 관리하겠습니다. 이의는 없겠죠?"

"이의 없습니다. 강성준 헌터님과 로드 길드에 모든 것을 맡기겠습니다."

구치소가 공격당하고 일시적이지만 안현태가 탈출했었다. 무장경찰국장의 입장에서는 이의를 제기하고 싶어도 그럴 수 없었다. 눈앞의 상대, 성준은 세계에서 2명밖에 없는 SSS급 헌터였다. 공권력이 통할 상대가 아니었다.

"좋습니다."

성준은 만족스러운 표정으로 고개를 끄덕였다. 규철이 쓸데 없는 자존심일 세울 경우도 생각하고 있었지만 예상보다 협상은 순조롭게 진행되고 있었다.

"향후에도 가능하면 저와 로드 길드가 진행하는 일에 최대한 간섭하지 않았으면 좋겠습니다."

"무슨 말씀인지 알 것 같습니다. 강성준 헌터님께서 우려하는 일은 앞으로 없을 겁니다."

"믿겠습니다."

이것으로 당분간은 무장경찰국이나 정부에서 로드 길드의 일에 크게 간섭하지 않을 것이다. 협상이 원만하게 끝난 것 같아서 기분이 좋았다.

규철과 준열이 저택을 떠나자 성준은 서재로 발걸음을 옮겼다. 3층의 복도에 들어서자 벽 쪽에서 기다리고 있던 정철이 따라붙으며 입을 열었다.

"길드장님. 보고드릴 내용이 있습니다."

"안현태 문제는 해결되었으니……. '성골' 쪽인가……?"

성준은 문을 열고 서재 안으로 들어가며 물었다.

정철이 곧바로 고개를 끄덕이는 것으로 보아 예상은 적중한 모양이었다.

"그렇습니다. 비밀 장부를 넘겼지만, 길드 쪽과 달리 그룹 쪽은 정계, 그리고 재계의 고위층과 연관되어 있는 경우가 많아서 그런지 검찰 쪽에서도 쉽게 움직이지 못하고 있는 것 같습니다."

성골 길드의 집행부는 온갖 더러운 일을 맡아서 해왔다. 성준은 연합 위원회의 정보력을 통해 관련 증거를 확보하여 검찰에 넘겼었다. 명백한 증거가 존재하는 길드를 수사하는 건 어려운 일이 아니었지만, 문제는 성골 그룹 쪽이었다.

성준이 비밀 장부까지 확보해서 전달했지만, 정계와 재계의 고위층이 많이 관련되어 있어서 검찰 측에서는 부담스러운 대상이었다.

-감히 주군을 상대로 저울질을 하다니! 엄벌에 처해야 마땅합니다!

리슈발트가 분노했다.

"어이가 없어서 웃음도 안 나오네. 정철아. 검찰에 연락해서 잘 생각해 보라고 해."

전달할 메시지는 이 정도면 충분했다. 검찰 측에 충분히 의미가 전달될 것이다.

정철은 바로 검찰에 연락해서 성준의 말을 전달했다.

검찰도 SSS급 헌터를 상대로 저울질을 했다는 실책을 깨달은 것인지 뒤늦게 본격적인 움직임을 보였다.

"얼마 남지는 않았지만, 성골 길드의 집행부 병력이 소집해제 되었어요. 길드도 해산 절차를 앞두고 있어요."

정철이 성준의 '메시지'를 전달하고 다음 날, 제니퍼가 찾아와 진행 상황을 보고했다. 성준도 뉴스와 신문을 보기 때문에 대충 상황은 알고 있었지만, 그녀의 보고에는 언론에 풀리지 않은 정보들도 있었다.

"길드 쪽은 공중 분해되기 직전입니다. 모든 건 순조롭게 진행되고 있습니다. 성골 그룹은 아직 버티고 있지만 오래가지는 않을 겁니다. 강원도에서 차원 관문을 열었다는 정보를 뿌려서 비난 여론이 강합니다. 강성준 씨가 그동안 보여준 영웅적인 행보 덕분에 확보된 지지층 역시도 성골 그룹의 입지를 좁게 만들고 있습니다."

제니퍼가 설명했다. 모든 상황은 '성골'에 불리하게 돌아가고 있었다.

"국민도 정의로운 심판을 요구하고 있습니다. 덕분에 검찰의 수사에도 힘이 붙었습니다."

"하긴, 던전 레이드 시대가 오면서 마물들한테 가족이나 친구를 잃은 사람들이 많을 테니까…… 그런 상황에서 강원도에 차원 관문을 유도했다는 사실이 밝혀졌으니…… 난리가 난 게 이상하지는 않죠."

모든 것은 '성골'에서 자초한 일이었다. 성준이 잘못한 건 하나 없었다. 그들에게 정의의 철퇴를 휘둘렀을 뿐이다. 그리고 국민은 성준이 그 철퇴로 최후의 숨통이 붙어 있는 '성골'의 머리통을 박살 내기를 원하고 있었다.

"수고했습니다. 계속 상황을 보고해 주세요."

"알겠습니다. 최선을 다하겠습니다."

제니퍼가 고개를 끄덕이고는 서재를 떠나자 성준은 리슈발트가 서 있는 방향으로 의자를 돌리며 입을 열었다.

"성골이 얼마나 버틸 거라고 생각해?"

성준은 그들이 길게 버틸 거라 생각하지 않았지만 리슈발트의 의견이 궁금하기도 했다.

-검찰 수사에 탄력을 받았으니, 길어야 일주일을 버틸 겁니다. 길드는 더 빨리 무너질 거라고 생각됩니다.

리슈발트의 예상은 정확했다. 성골 길드는 3일을 버티지 못하고 완전히 해산되었다. 성골 그룹도 일주일을 버티지 못했다.

하지만 30년 역사의 대기업이 완전히 무너지면 대한민국의 경제가 흔들릴 수도 있기 때문에 청룡 그룹에서 적당히 흡수하는 것으로 결론지어졌다. 이런 결과가 날 수 있었던 것은 성준의 영향력이 컸다.

청룡 그룹의 성골 그룹 흡수가 결정된 날, 설아는 성준을 찾아와 감사를 표했다.

성장통이 있겠지만 그것을 극복한다면 청룡 그룹은 더욱 거대한 기업이 될 것이다.

"안현태는 어떻게 할까요?"

정철이 물었다. 현태는 아직까지 저택 지하의 구금실에 갇혀 있었다.

"지금 TV에서 한창 '성골'에 대한 이야기를 풀고 있지?"

"물론입니다. 모든 뉴스 채널에서 관련 이야기를 하고 있습니다."

"뉴스 채널 고정시켜서 TV로 보여줘. 지금 상황이 어떻게 돌아가고 있는지는 안현태도 알고 있어야 하니까."

사악한 웃음이 터져 나오려는 것을 간신히 참아내며 성준이 말했다.

"요즘 안현태의 정신 상태가 좋지 않아서 자살할지도 모릅니다."

정철이 조심스럽게 말했다.

현태는 B급 헌터였다. 마력을 구속해서 신체 능력이 제한되어 있다고는 하지만 여전히 일반인보다는 뛰어났다. 각오만 있다면 혀를 깨물고 자살할 수 있을 터였다.

"자살하면 어쩔 수 없지. 그것도 운명이겠지."

성준은 현태가 죽어도 아무런 상관이 없었다. 지금까지 그는 충분히 고통받았으니, 이제 '처형'을 해도 될 거라고 생각했다.

굳이 손을 더럽힐 생각도 없었다. 스스로 죽어준다면 더 이상 바랄 게 없었다.

"그럼 그렇게 진행하겠습니다."

그날, 현태가 갇혀 있는 구금실 앞에 TV가 놓였다. 마침 뉴스 채널들에서는 온종일 '성골'의 몰락에 대해 다루고 있었다.

"제, 제발…… 차라리 나를 죽여……."

구금실을 방문한 성준을 보며 현태는 애원했다. 가족들이 힘들게 세운 '성골'이 무너지는 모습을 지켜보는 것은 현태에게 있어서 큰 충격이었다.

"내가 왜 너를 죽여줘야 하지?"

성준의 대답이었다.

그리고 그날, 현태는 더 이상 버티지 못하고 자살했다.

5장
마도학자들

리블하인은 켈트헤임, 그리고 소수의 귀족 친위대원들과 함께 대공성의 지하 깊은 곳으로 향하는 계단을 내려가고 있었다.

"일이 얼마나 진행되어 있을 거라고 보십니까?"

"적어도 절반 이상은 진행되어 있을 거라고 봅니다."

켈트헤임의 물음에 리블하인이 대답했다. 짧은 대화를 주고받으면서도 깊은 지하를 향해 계단을 따라 발걸음을 옮겼다.

얼마나 내려갔을까? 거대한 철문이 그들의 앞을 막아섰다.

리블하인이 철문 앞으로 다가가자 켈트헤임은 동행한 귀족 친위대원들을 보며 입을 열었다.

"여기서 대기하도록."

대답대신 뒤로 한 걸음 물러나 대열을 갖추는 귀족 친위대의 모습에 켈트헤임은 만족스러운 표정으로 고개를 끄덕였다.

리블하인이 지정된 마법 술식을 부여하자 굳게 닫혀 있던 철문이 활짝 열렸다.

두 뱀파이어가 어두운 내부로 진입하자 넓고 긴 복도를 따라 설치된 마법등이 연이어 켜졌다. 하지만 결코 밝다고 할 정도는 아니었다. 간신히 어둠을 물리칠 정도였다.

"이곳에 오는 건 오랜만이군요."

켈트헤임이 말했다. 대공성 가장 깊은 곳은 제한된 구역이었고 두 뱀파이어 대공의 발길조차 좀처럼 닿지 않는 곳이었다.

"그럴 수밖에 없습니다. 이 깊은 지하에 있는 비밀 공방은 슈타인 대공의 개인 영지나 다름없으니까요"

"그러고 보니, 슈타인 대공의 얼굴을 본 지도 오래되었군요."

"계획 실행을 위한 준비를 하느라, 바쁜 모양입니다."

가벼운 대화를 나누며 분주히 발걸음을 옮겼다. 복도의 좌우로 철문이 많았다. 그리고 대화가 끝날 때 즈음에 그 끝에 도착했다. 유난히 음침한 분위기를 풍기는 철문이 눈앞에 있었다.

리블하인이 철문 앞으로 다가가 술식을 입력하자 문이 열리고 넓은 공동이 모습을 드러냈다. 여전히 어두웠지만 내부의 모습을 살피기에는 충분했다. 정체를 알 수 없는 액체가 담긴 수백 개의 유리병이 벽에 걸려 있고 여기저기 실험대와 실험체의 모습을 찾아볼 수 있었다.

사악한 마도학자의 비밀 공방이라고 이름표를 붙이면 어울릴 것 같을 정도였다. 그리고 그 중앙에서 붉은 머리카락의 뱀파이어가 주황색으로 빛나는 '리오딘 수정'을 이리저리 살피고 있었다.

"저의 비밀 공방에 온 것을 환영합니다."

"그동안 정기 보고가 늦어져서 이렇게 직접 찾아왔습니다. 슈타인 대공."

리블하인이 말했다.

그가 먼저 비밀 공방 안으로 들어섰고 켈트헤임은 뒤따르며 철문을 닫았다.

"비밀 공방은 여전하군."

켈트헤임은 혼잣말을 내뱉으며 근처의 의자를 끌어다 앉았다. 슈타인은 손에 들고 있던 '리오딘 수정'을 실험대 위에 내려놓으며 입을 열었다.

"위대한 계획을 위한 준비 과정은 순조롭게 진행되고 있습니다. 최근 집중해야 할 부분을 진행 중이었기 때문에 정기 보고가 늦어졌던 겁니다. 차원 마법은 상당히 까다로워서 신경 써야 할 게 상당히 많습니다."

"그건 나도 알고 있습니다. 그래서 이렇게 직접 찾아온 것 아니겠습니까?"

리블하인이 차분한 목소리로 말했다.

슈타인은 어쩔 수 없다는 표정으로 고개를 저었다. 말이 확인이지 재촉하러 온 게 눈에 보였지만 이해가 가지 않는 것은 아니었다.

슈타인과 켈트헤임보다 계획을 시작한 리블하인이 제일 조급한 마음을 가지는 건 어찌 보면 당연할 수도 있었다.

"······그래서 계획은 어느 정도 진행되었습니까?"

직설이었다. 리블하인의 시선은 슈타인에게 향하고 있었다.

슈타인은 입 꼬리를 슬쩍 끌어 올렸다. 성과가 없었던 평소였다면 압박감을 느꼈을지도 모르는 일이었지만, 다행히 이번에는 과정에 진전이 있었기 때문에 입가에 여유로운 미소를 머금을 수 있었다.

"성과가 있었던 겁니까?"

이번에는 켈트헤임이 물었다.

슈타인은 고개를 끄덕이며 입을 열었다.

"물론입니다."

"어느 정도입니까?"

리블하인의 목소리에서 뱀파이어 답지 않은 활기가 넘쳤다. 내색하지 않으려 했지만 기대감이 묻어 나오는 것은 어쩔 수 없었다.

얼마나 오래 기다려 왔던가?

슈타인은 확실한 성과가 없으면 말하지 않는 성격이었기 때문에 더욱 기대할 수밖에 없었다.

"차원 관문 생성에 필요한 기초 술식을 거의 완성했습니다."

슈타인의 대답에 두 뱀파이어는 기쁜 마음이 벅차오르는 것을 느꼈다.

"고생 많았습니다! 슈타인 대공!"

켈트헤임이 말했다.

슈타인은 만족스러운 표정으로 찻잔을 입가에 가져갔다.

리블하인은 둘을 보며 들뜬 마음을 차분하게 가라앉혔다.

"곧 그들을 이곳에 부를 수 있겠군요."

그의 싸늘한 목소리에 켈트헤임은 물론이고 슈타인도 차가운 웃음을 흘렸다.

지룡이 거대한 입을 벌렸다.

"브레스 옵니다! 피해요!"

장훈이 우렁찬 목소리로 브레스의 접근을 경고했다. 뜨거운 불길이 허공을 꿰뚫었다.

신철은 재빨리 방어 마법을 전개했고 전개는 반격을 위해 공격 마법을 캐스팅했다.

"파이어 캐논."

캐스팅은 길지 않았다. 시동어와 함께 공격 마법이 완성되었다.

-빠른 반격을 위해 고위 등급이 아닌 상위 마법을 사용한 것 같습니다. 지룡이 브레스를 끝내고 바로 다음 동작을 보이고 있으니, 나쁜 선택은 아닙니다.

리슈발트가 칭찬을 쏟아냈다.

성준은 고개를 끄덕이는 것으로 그의 의견에 동의를 표했다.

둘이 그러는 동안 한석의 파이어 캐논이 지룡의 머리통을 강타했다.

-끼에에에에엑!

날카로운 비명이 울려 퍼졌다. 지룡은 S급 대형으로 분류되지만, 마법을 사용하지 못하는 마물이었다.

하지만 브레스의 사용이 가능하고 덩치가 크고 튼튼하기 때문에 위협적이라는 건 변하지 않는 사실이었다.

"갑시다!"

장훈이 호기롭게 외치며 지룡을 향해 몸을 던졌다.

창을 든 정철이 뒤따랐다.

"마법으로 지원하겠습니다!"

신철이 말했다. 그는 한석과 함께 지룡을 향해 공격 마법을 퍼부었다.

지룡의 시선이 신철과 한석에게 집중된 사이, 장훈과 정철이 순식간에 거리를 좁히며 대검을 휘두르고 창을 내찔렀다.

-캬하아악!

붉은 피가 솟구쳤다. 지룡의 비늘과 가죽은 질기고 튼튼했지만 오러에 버틸 정도는 아니었다. 하지만 치명상을 입은 것은 아니었는지 곧바로 반격을 가했다.

"큭!"

정철이 황급히 뒤로 물러났다. 왼쪽 어깨가 피투성이였다.

성준은 그를 향해 왼손을 뻗으며 마력을 끌어 올렸다.

"힐."

"감사합니다!"

그는 곧바로 사냥에 합류했다. 시간이 지나자 지룡도 피투성이가 되었지만 더 이상 시간을 소모하는 것을 원하지 않았던 성준이 검을 뽑아 들고 개입했다. 일격에 지룡의 목이 날아갔다.

"흡수."

성준은 지룡에게서 체력과 마력을 흡수했다.

-동조율은 상승하지 않았습니다.

굳이 묻지 않지만 리슈발트는 동조율이 상승하지 않았다는 사실을 보고했다.

성준은 대답 대신 고개를 끄덕이고는 차원 열쇠를 꺼내 확인했다.

검은 열쇠에 붙어 있는 보라색 마정석이 영롱한 빛을 내뿜고 있었다. 마력이 가득 충전되었다는 것을 의미했다. 이제 차원 관문을 열 수 있지만, 성준은 저택으로 돌아가서 공방의 차원 관문을 유지하는 마정석을 충전할 생각이었다.

'공방의 차원 관문도 충전이 필요합니다. 어쨌든 발동과 유지에는 마력이 소모되니까요.'

성준은 제로스의 말을 기억하고 있었다. 그동안 강원도 전투 등 여러 복잡한 일들이 있었기 때문에 '충전'에 소홀했으니, 지금부터라도 신경 쓸 생각이었다.

-공략 확인, 계측 완료. S급 던전을 클리어하셨습니다.

지룡의 숨이 완전히 끊어지고 얼마 지나지 않아서 계측기가 반응했다.

한석은 사라진 시체에서 마정석을 회수했다. 이번에는 아이템이 드랍되지 않았다.

"가자."

그들은 던전을 나와서 저택으로 돌아갔다. 성준은 제로스가 있는 본채의 지하 공방으로 내려갔다.

제로스는 급한 연구가 있다면서 이번 던전 공략에 참여하지 않았었다. 문을 열고 들어가자 구석에서 제로스가 걸어 나왔다.

"오셨습니까?"

목소리에 힘이 없었다. 또 밤을 새워서 술식을 연구한 것 같았다.

"차원 열쇠에 마력의 충전이 끝났어. 이거 차원 관문에 충전하고 싶은데……."

"이쪽으로 오시지요."

제로스는 차원 관문이 있는 곳으로 성준을 안내했다. 그리고 마법 술식을 이용해 차원 열쇠에 담겨 있는 정제된 마력을 관문을 유지하는 마정석으로 옮겨 담았다.

"끝났습니다."

마지막으로 확인 작업까지 끝마친 제로스는 입가에 희미한 미소를 머금은 채 말했다.

"강성준 경. 차원 관문을 바로 사용할 생각이십니까?"

"아니. 이쪽에서 처리할 일이 조금 남아서 이계 방문은 그거 끝내고 해야 할 것 같은데?"

성준은 고개를 저으며 대답했다.

"그렇다면 잠깐 제 이야기를 들어보겠습니까? 경께서 흥미를 가질 만한 연구가 있습니다."

"그래? 본론부터 말해봐."

성준의 두 눈이 반짝였다. 제로스가 저렇게 말할 정도면 뭔가가 있다는 것이었다. 전생, 로우켈의 이름을 가졌던 시절에 그와 가까운 사이였기 때문에 잘 알고 있었다.

성준이 흥미를 보이자 제로스도 만족스러운 것인지 입가에 미소가 번졌다.

"이계에 '군대'를 보낼 방법을 찾은 것 같습니다."

제로스의 발언은 충격적이었지만 불가능한 것은 아닐지도 모른다는 생각이 들었다. 레이드 상황 역시도 차원 관문을 통해 종족 연합의 '군대'가 상륙하는 것이 아닌가?

"자세히 말해주겠어?"

"간단히 설명드리자면 대규모 차원 관문을 열 수 있는 술식의 연구가 어느 정도 궤도에 올랐습니다. 연구가 언제 끝날지는 모르겠지만…… 확실한 건 이곳의 군대를 이계로 보내는 게 불가능하지 않다는 겁니다."

제로스가 들뜬 목소리로 설명했다. 성준에겐 러시아군의 최고 지휘권이 있었고 제로스 또한 그것을 알고 있었다. 그리고 마물의 군대와 달리 인간들로 구성된 제국군은 현대의 무기에 피해를 입는다.

물론 총탄조차 피하는 괴물들이 많기는 하지만, 일반 군인에게 살해당할 수도 있다는 것이 중요했다.

'군대'가 이계에 상륙한다면 제국을 무너뜨리는 것도 불가능한 것은 아니라고 제로스는 생각했다. 그리고 성준의 생각 역시도 크게 다르지 않았다.

공방 안에서 심상치 않은 기류가 흘렀다.

"필요한 건? 뭐든 말하면 내가 구해줄게."

"리오딘 수정이 필요합니다. 많을수록 좋아요."

성준의 물음에 제로스가 대답했다.

지구에 주둔했던 제국의 거점이 전멸한 지금, '리오딘 수정'은 이계에서 구해야만 한다. 사냥터에서도 드물게 찾을 수도 있겠지만 효율이 좋지 않을 것이었다.

"조만간에 이계로 가야겠네."

성준은 혼잣말처럼 중얼거렸다. 그는 짧은 한숨과 함께 의자에서 일어났다.

"'리오딘 수정'은 걱정하지 말고 연구를 계속해 줘. 나도 이쪽 일이 해결되는 대로 이계에 다녀올 테니까."

"마음 같아서는 제가 지금 다녀오고 싶지만……."

제로스는 말끝을 흐렸다. 그는 약한 편이 아니었지만, 제국의 숙련된 살수들에게서 살아남을 수 있을지는 장담할 수 없었다.

성준은 제로스에게 다가가 어깨에 손을 얹으며 입을 열었다.

"너는 충분히 잘하고 있어."

성준이 말했다. 제로스는 슬며시 미소를 머금었다.

성골 그룹의 흡수 진행 상황을 알아보기 위해 설아의 사무실을 방문하기 위해 차에 올랐다.

태석의 건강 상태는 악화되지 않고 있지만 그렇다고 해서 호전될 기미가 있는 것도 아니었기 때문에 이미 그룹에서는 경영권 승계를 위한 준비가 진행되고 있다는 것 같았다.

-최근 윤설아가 여러 일을 잘 처리하긴 했지만 그런 결정이 있었던 이면에는 주군의 영향도 있었을 겁니다.

청룡 그룹 본사 건물에 도착했을 때 리슈발트가 말했다. 성준이 설아의 뒤에 버티고 있다는 사실은 청룡 그룹 내부에서도 비밀이 아니었다.

리슈발트와 짧은 대화를 나누며 발걸음을 옮기자 어느새 설아의 사무실 앞에 도착했다.

성준은 출입문을 가볍게 두드렸다.

"들어오세요!"

출입문 너머로 들뜬 듯한 설아의 목소리가 흘러나왔다. 미리 약속을 잡아놓았기 때문에 성준이 온다는 것을 알고 있었던 모양이었다.

문을 열고 들어가자 의자에 앉아서 일에 집중하고 있는 설아의 모습이 보였다.

"성준 씨! 어서 와요!"

설아는 하던 일을 잠시 중단하고 성준에게 달려갔다. 그녀의 목소리에서는 활기가 넘쳤지만, 얼굴은 많이 피곤해 보였다. 대기업 회장의 무게를 갑자기 감당하게 되었으니, 그럴만했다.

"많이 피곤해 보이네요."

"이 정도는 괜찮아요."

그녀는 성준의 물음에 희미한 미소를 머금은 채 대답했다.

"앉으세요."

"그럼…… 실례하겠습니다."

성준이 의자에 앉았다.

설아는 탁자 위에 커피 2잔을 놓은 뒤, 성준의 앞에 앉았다.

"성골 그룹의 일 때문에 오신 거죠?"

"네."

"대기업을 흡수하는데, 문제가 없다고 하면 거짓말이겠죠. 하지만 성장통 정도라고 생각해요. 큰 트러블 없이 진행되고 있어요."

설아는 솔직하게 말했다. 성골 그룹의 규모가 워낙 커서 반발이 없을 리가 없었다. 심지어 국민 중에서도 흡수합병을 반대하는 이들도 일부 있었다. 그 수가 많지는 않았지만 거슬리는 정도는 되었다.

'역시 차원 관문으로 인한 피해가 확대되고 나서 나섰어야 했나?'

불현듯 떠오른 생각이었지만 성준은 이내 고개를 저었다. 강원도의 차원 관문을 방치했다면 성골 그룹에 대한 국민의 악의가 더욱 커졌겠지만, 성준 측이 미리 정보를 가지고 있었음에도 놔뒀다는 게 밝혀지면 끔찍한 역풍이 불었을 것이 분명했다.

"언론 쪽에 조금 더 압박을 가해보겠습니다."

대한민국에서 SSS급 헌터인 성준이 가지는 영향력은 꽤 컸다. 사실상 성준의 비서 역할을 하고 있는 정철은 정계와 재계의 고위층 인사들이 매일 같이 연락을 보내온다고 말하기도 했었다.

성준은 그들 중에서도 이용가치가 있는 이들과 지속적으로 교류를 해서 친분을 쌓아놓은 상태였다.

"고마워요……."

설아가 눈시울을 붉혔다. 많이 힘들었던 모양이었다.

-지금 윤설아는 청룡 그룹의 차기 회장으로 유력합니다. 게다가 청룡 그룹은 성골 그룹까지 흡수하는 중이니, 후에 큰 도움이 될 것입니다.

리슈발트가 굳이 설명을 덧붙였다.

성준은 그녀와 1시간 정도를 함께 있었다. 더 있고 싶었지만 두 사람 모두 바빠서 어쩔 수 없었다.

그녀와 헤어진 뒤, 성준은 곧바로 저택으로 돌아갔다.

똑똑.

옷을 갈아입고 서재에 도착하기 무섭게 익숙한 기척이 가까워지더니 차분한 노크 소리가 들려왔다.

"박정철입니다."

"들어와."

문이 열렸다.

묵직해 보이는 검은 가방을 든 정철이 천천히 걸어 들어왔다.

"금괴를 확보했습니다. 요청하신 대로 비밀 루트를 이용했기 때문에 기록은 남지 않을 겁니다."

정철이 말했다.

얼마 전에 성준은 그에게 비밀 루트로 금괴를 준비해 달라고 지시했었다. 이계에서 화폐로 사용하기 위해서였다. 그곳에서 현대의 화폐가 통할 리 없으니, 금괴를 준비할 수밖에 없었다.

"수고했어."

"어려운 일은 아니었습니다. 이 정도면 당분간 이계에서 넉넉하게 사용할 수 있을 겁니다."

성준은 정철이 건네준 금괴 가방을 '발트거의 차원 주머니'에 집어넣었다.

"바로 출발할 생각이십니까?"

"청룡 그룹 쪽은 생각보다 심각한 문제가 없더라고. 그래서 빨리 출발해도 될 것 같아. 너한테는 언론 쪽의 압박만 부탁할게."

"걱정하지 않으셔도 될 것 같습니다. 대한민국의 모든 고위층이 SSS급 판정을 받은 길드장님의 눈치를 살피고 있습니다."

최초의 SSS급 헌터 레이아만 봐도 강대국인 미국조차 함부로 할 수 없는 존재였다.

성준은 정철의 말에 미소를 지어 보인 뒤, 사제복을 챙겨 입었다.

"그럼…… 조심해서 다녀오시길……!"

정철이 말했다.

성준은 대답 대신 고개를 끄덕이고는 서재를 나와 지하에 위치한 제로스의 공방으로 발걸음을 옮겼다. 문을 열자 구석에서 제로스가 걸어 나왔다.

"용무는 해결하신 겁니까?"

"당분간 자리를 비워도 될 정도로 정리가 되었어."

성준은 대답과 함께 아이템과 스크롤, 금괴를 다시 한번 점검했다.

"이상 없군. 다녀올게."

점검이 끝난 것들을 다시 차원 주머니에 집어넣었다. 제로스가 차원 관문을 작동시키자 성준은 아득한 이계로 연결된 그곳으로 몸을 던졌다.

시야를 가득 채웠던 백색 섬광이 사라지자 주변의 풍경을 살펴볼 수 있었다. 눈동자를 빠르게 움직여 주위를 한 차례 훑은 결과, 이곳이 산속이라는 것 정도는 파악할 수 있었다.

-기척이 전혀 느껴지지 않습니다.

리슈발트가 보고했다.

성준도 마찬가지였기 때문에 말없이 고개를 끄덕였다.

"일단 걸어야겠네."

-훌륭한 결정이십니다.

한 자리에서 고민해 봤자 답이 나올 리가 없었다. 성준은 이동을 결정했다. 우선은 북쪽으로 움직이기로 하고 발걸음을 옮겼다. 얼마 지나지 않아서 도로가 나타났다.

-도로를 따라 걷다 보면 뭔가가 나올 것 같습니다.

성준도 리슈발트의 의견에 동의했다. 도로를 따라 걷기 시작했다.

1시간 정도 시간을 흘렀을까? 성준은 희미한 살기를 머금은 기척을 느꼈다.

-멀지 않은 곳에 매복이 있습니다.

"길목을 지키고 있는 것 같네…… 수는 10명 정도? 산적들인가……?"

평소에 살기와 마력을 최대한 숨기고 다니는 탓에 지금처럼 가끔 파리들이 꼬일 때가 있었다. 그는 사제복을 입고 있었고 일반적인 사제는 전투능력이 뛰어나지 않기 때문에 산적들의 훌륭한 자금 공급원이 되고는 했다.

-어떻게 하시겠습니까? 이동 동선이 복잡해지겠지만 우회하는 방법도 있습니다.

리슈발트가 물었다.

성준은 고개를 저으며 입을 열었다.

"도로를 통해 이동하는 게 제일 빨라. 산적들 때문에 내가 가는 길을 돌릴 생각은 없어."

-지당하신 말씀이십니다.

성준은 산적들의 매복이 있는 곳을 향해 걸어갔다. 근처에 도달한 순간, 그의 발치에 화살이 날아와 꽂혔다. 위협용이 분명했기 때문에 굳이 피하지 않았다.

하지만 산적들은 그런 성준의 모습이 겁을 집어먹었다고 판단한 것인지 큰 소리로 낄낄거리며 좌우에서 튀어나왔다.

모두 11명이었다. 말을 타고 있는 산적 한 명이 성준의 뒤로 이동해서 퇴로를 차단했다. 남은 10명 중 2명은 성준을 향해 장전된 석궁을 겨눴고 다른 이들은 창과 검으로 무장한 모습이었다.

"돈 가진 거 있으면 다 꺼내."

산적 무리의 두목으로 보이는 사내가 날카로운 목소리로 말했다.

하지만 성준은 전혀 듣지 않고 있었다. 그의 시선은 말을 탄 산적에게 꽂혀 있었다.

-말이군요. 근처의 도시까지 편하게 이동할 수 있을 것 같습니다.

성준도 리슈발트의 의견에 전적으로 동의했다. 계속 걸어야 한다고 생각했었는데, 이렇게 말이 나타나다니! 입가에 그려지는 미소를 참을 수 없었다.

"웃어?"

"형님. 저 녀석, 정신이 나간 것 같습니다."

산적들이 대화를 주고받았다.

더 이상 놔둘 기분이 아니었다. 성준은 반지 형태의 로엘에 마력을 주입하며 입을 열었다.

"변형."

시동어를 내뱉자 로엘이 순식간에 검의 형태가 되었다. 산적들은 성준이 검을 들었다는 사실을 인지하기도 전에 피를 쏟으며 쓰러졌다. 산적 11명은 SSS급 헌터이자 검성의 환생인 성준을 상대로 0.1초도 버티지 못했다. 당연한 결과였다.

한 명 정도는 살려두고 이곳의 위치를 물어볼 수도 있겠지만 성준은 굳이 그렇게 할 필요를 느끼지 않았기에 망설임 없이 모두를 죽였다.

"흡수."

흡수된 체력과 마력도 극히 적은 양이었다. 한숨이 절로 나왔다.

하지만 말을 얻었으니, 성과가 전혀 없는 것은 아니었다. 그는 산적들에게서 뺏은 말을 타고 쉬지 않고 이동했다.

-도시입니다.

늦은 밤이 되어서야 도시 근처에 도착했다. 달빛이 비치는 도시의 모습이 익숙했다.

성준은 전생의 기억을 더듬어 보았다. 그리고 한 도시의 이름을 떠올릴 수 있었다.

'벤트.'

테렌시아 지방에서 가장 부유한 도시인 벤트가 분명했다.

그는 성문을 향해 천천히 말을 몰았다.

성문은 열려 있었지만, 아벤할이 공격당했기 때문인지 검문에 동원된 병사들의 수가 많았다. 거대한 성문 앞에 3명의 기사가 20명이 넘는 병사들과 함께 검문을 진행하고 있었다.

원래는 검문 없이도 성문을 통과 가능한 경우가 많았지만 이렇게 검문이 철저할 경우 신분패를 요구하는 경우가 많았다.

성준은 말을 버리고 성벽으로 다가갔다.

-성벽로에 경비의 수는 적습니다.

리슈발트는 성벽 위를 슬며시 정찰하고는 보고했다. 도시의 성벽은 높았지만, 전생에 기사 여단의 최고 기사였던 그는 성벽 침투 훈련도 질리도록 받았기에 걱정이 없었다. 리슈발트도 그 사실을 알고 있었기 때문에 별말 없었다.

"은신."

성준은 은신 상태가 되었다. 그리고 성벽 등반을 시작했다. 은신 상태인 데다가 기척까지 지우니, 망루에 배치된 마법사조차 성준의 존재를 인지하지 못했다.

얼마 지나지 않아서 그는 성벽을 넘었다. 성벽로를 통해 도시 안으로 내려간 뒤, 주변에 아무도 없는 것을 확인하고 은신을 해제했다.

-이곳이 벤트의 뒷골목이군요.

테렌시아 지방 최대 규모의 상업 도시였지만 외성에 뒷골목과 빈민가가 만들어지는 것은 구조상 어쩔 수 없었다.

"일단은 위조 신분패라도 만들어야 할 것 같은데…… 리슈발트. 벤트에 대해서 잘 알고 있어?"

성준도 벤트를 몇 번 방문한 적이 있긴 하지만 정보 길드의 위치는 몰랐다. 그는 리슈발트가 정보 길드에 대해 알고 있을 것을 기대하며 물었다.

-한 곳을 알고 있습니다. 저도 이용해 본 적은 없고 위치만 알고 있습니다. 그래서 가격은 모릅니다.

"이용료는 상관없어. 지금 금괴는 아주 많으니까."

-그렇다면 안내하겠습니다. 이쪽으로 오시지요!

리슈발트가 앞에서 성준을 안내했다. 그들은 뒷골목 깊숙한 어둠 속으로 스며들었다. 리슈발트가 말한 정보 길드는 방어구 상점으로 위장하고 있었다.

성준은 들어가기 전에 낡은 로브를 입었다.

이윽고, 출입문을 열고 들어가 주인에게 특별한 방어구를 찾고 있다고 말한 뒤, 암호를 대자 그는 성준을 지하로 안내했다.

최종적으로 도착한 곳은 '거래를 할 때 흔히 사용되는 '밀실'이었다.

"어떤 '거래'를 위해 오신 건지 말씀해 주시면 담당 간부를 불러오겠습니다."

"최고 등급의 위조 신분패를 구하러 왔다."

"최고 등급 말입니까? 그렇다면 길드장님을 불러 드리겠습니다."

최고 등급 위조 신분패는 귀족의 보증을 받은 사람이라는 것을 나타내는 것으로 귀찮은 일이 발생할 경우 쉽게 빠져나올 수 있는 편리함이 있다. 하지만 위조가 힘들어서 가격이 아주 비싸다는 단점이 있었다.

"잠시만 기다려 주십시오."

길드원은 정중하게 고개를 숙이고는 물러났다. 그리고 얼마 지나지 않아서 다시 문이 열리고 길드장으로 보이는 남자가 걸어 들어왔다.

"반갑습니다. 이곳의 길드장입니다."

중년의 나이에, 차분한 인상의 길드장은 이름을 밝히지 않았다. 추적을 피하기 위해 가명조차 밝히지 않는 경우가 가끔 있었기 때문에 성준은 말없이 고개를 끄덕였다.

이곳에서 굳이 자신을 소개할 필요는 없었다. 신분패를 만들 때 이름이 필요하겠지만 적당한 가명을 사용할 생각이었다.

길드장은 여러 생각을 하는 성준을 차분한 표정으로 응시하며 입을 열었다.

"최고 등급의 위조 신분패가 필요하다고 하셨습니까?"

"그렇습니다. 돈은 얼마가 들어도 상관없으니, 확실하게 만들어줬으면 합니다."

"최고 등급은 위조가 어렵습니다. 시간이 오래 걸리는 게 아니고 마도공학적인 문제죠. 희귀한 재료가 많이 소모되기도 하기 때문에 가격이 매우 비쌉니다."

길드장이 말했다.

성준은 차원 주머니에서 묵직한 금괴 몇 개를 꺼내서 탁자 위에 올려놓았다.

"이 정도면 충분하지 않습니까?"

"진품이군요. 충분합니다."

길드장은 눈동자를 빠르게 움직여서 금괴를 훑는 것만으로도 진품 여부를 알아냈다.

"지금 당장 제작을 하겠습니다. 오래 걸리지는 않을 겁니다."

오래 걸리지 않는다고 말하는 것을 보니, 길드에 실력 좋은 마도학자가 있는 모양이었다.

성준은 고개를 끄덕였다.

"성함은 어떻게 해드릴까요?"

"제임스."

성준은 가명을 말했다. 굳이 로우켈이라는 이름을 써서 이목을 끌 필요는 없다고 생각했다.

"30분 안에 만들어 오겠습니다. 잠시만 기다려 주시지요."

길드장이 자리를 비웠다. 성준은 기척 감지를 위한 마력을 최대한 끌어 올린 채 기다렸다.

가끔 뒤통수를 치는 정보 길드도 있기 때문에 방심할 수 없었다. 리슈발트도 위치만 알고 있을 뿐 이용해 본 적이 없었으니, 긴장하는 게 당연했다.

-옵니다.

30분에 가까운 시간이 흘렀다. 리슈발트가 보고했다.

성준도 기척을 감지했기 때문에 대답 대신 고개를 끄덕였다.

문이 열리고 길드장이 들어왔다. 고급스러운 헝겊에 싸인 뭔가를 왼손에 들고 있었다.

"이겁니다. 확인해 보시죠."

"확실합니까?"

헝겊을 벗겨내자 드러난 위조 신분패를 슬쩍 확인한 성준은 차가운 목소리로 물었다. 그 순간 길드장은 뭔가 잘못되었다는 것을 깨달았다.

'가장 중요한 술식이 엉망이라는 걸 어떻게 알고 있는 거지?'

최고 등급 신분패에는 위조 방지와 구별을 위한 수준 높은 술식이 부여되어 있다.

성준은 마도학자 제로스와 가까운 사이였기도 했고 최고 등급 신분패를 소지했던 기사였기 때문에 잘 알고 있었다.

'제기랄! 외지인으로 보여서 아무것도 모르는 줄 알았더니!'

한눈에 보기에도 수상한 낡은 로브를 입고 있어서 어설픈 오해를 했던 게 실책이었다. 그는 크게 당황했지만 내색하지 않았다.

"아마 문제는 없을 겁니다. 뛰어난 마도학자들이 제작한 것이니까요!"

길드장은 자신감 넘치는 목소리로 말했다. 뻔뻔하게 나가기로 작정한 것이었다. 그리고 그는 곧 이것이 잘못된 선택이라는 것을 깨닫게 되었다.

성준이 살기를 개방한 것이었다.

"이건 또 무슨 장난질이지?"

말투도 바뀌었다. 살기가 밀실을 지배하면서 차가운 냉기가 감돌았다. 길드장은 얼음송곳이 전신을 찌르는 듯한 아찔한 고통을 느꼈다.

"허, 허억!"

숨을 쉬는 게 힘들었다. 뒤늦게 그도 살기를 개방했지만 역부족이었다.

'특등 살수 출신인 내가 살기에서 밀린다고?'

길드장은 경악했다. 특무군 유령 부대 소속이었던 그는 셀 수 없을 정도로 많은 사람을 죽여왔다. 암살계의 엘리트 코스를 밟은 그는 어딜 가도 살기 싸움에서 밀리지는 않을 것이라는 자신감을 가지고 있었다.

불과 30초 전에 성준에 의해 처참하게 박살 나기 전까지는!

"장난은 집어치우는 게 좋아. 나는 시간이 많지 않거든."

성준이 말했다. 최후의 경고이자 마지막 자비였다.

"저, 정말 죄송합니다……! 제대로 된 위조 신분패를 만들어 드릴 테니…… 제발 목숨만큼은 살려주십시오!"

특등 살수 출신의 정보 길드장이 눈물을 흘리며 애원할 정도의 지독한 살기였다. 잠시였지만 죽음이 보였을 정도였다.

"위조 신분패를 제작할 수 있는 마도학자가 있긴 해?"

"무, 물론입니다! 거짓말이 아니라, 수준 높은 마도학자가 저희와 일하고 있습니다!"

"좋아. 10분 준다."

성준은 살기를 거두었다.

"30분은 주셔야……."

"좋아. 20분. 더 이상은 안 돼."

"아, 알겠습니다."

살기에서 벗어난 길드장은 황급히 밀실을 떠났다.

그리고 30분 뒤, 제대로 된 최고 등급의 위조 신분패를 들고 왔다.

"이건 진짜입니다. 확인해 보시겠습니까?"

길드장은 덜덜 떨리는 손으로 성준에게 위조 신분패를 내밀었다.

성준은 경계를 늦추지 않은 상태에서 그것을 확인했다.

'술식이 제대로 부여되어 있군.'

전체적으로 문제가 없었다. 성준이 말없이 위조 신분패를 챙겨서 밀실을 떠나자 길드원들이 몰려들어 왔다.

"길드장님!"

"괜찮으십니까?"

길드장은 고개를 끄덕였다.

길드원 중 하나가 단검을 슬며시 꺼내 보이며 입을 열었다.

"길드장님! 명령만 내려주신다면 당장 암살자들을 보내서 저놈의 심장을 도려내겠습니다."

"암살자 3개 조. 30명을 투입할 수 있습니다."

정보 길드는 요인 암살 또한 취급하기 때문에 다수의 암살자를 갖추고 있는 경우가 많았다. 당장 병력이 준비되어 있는 듯했지만 길드장은 여전히 두려움 가득한 시선을 흩뿌리며 고개를 저었다.

"절대! 암살자들을 움직여서는 안 돼!"

"어째서입니까? 놈은 우리 길드의 자존심에 흠집을 냈습니다! 길드장님에게도 굴욕을 줬지 않습니까?"

"우리 길드의 암살자들은 100명이 가도 저 남자를 못 이길 거다. 다 죽어버릴 거라고!"

눈동자에 차오르는 공포는 진심이었다.

길드장이 처음으로 보이는 창백한 얼굴에 길드원들은 성준이 심상치 않은 상대라는 것을 간접적으로 느낄 수 있었다.

그들이 공포에 떨고 있을 때, 성준은 골목길을 벗어나 번화가에 들어서고 있었다. 뒷골목과 달리 번화가는 화려하게 빛나고 있었다.

-주군. 금괴 일부 정도는 사용하기 편한 금화로 바꾸는 게 좋을 것 같습니다.

리슈발트가 말했다.

"그게 좋을 것 같네."

성준도 고개를 끄덕이며 동의했다. 그는 근처에서 금괴 일부를 금화로 바꾸었다. 그러고는 하루를 보낼 여관을 찾기 위해 발걸음을 옮겼다. 얼마 지나지 않아서 괜찮은 여관을 찾았다.

"리오딘 수정 수색은 내일 하는 게 좋겠다."

성준은 방에 들어서기 무섭게 침대 위로 몸을 던졌다.

피곤했던 모양인지 그는 금세 잠에 빠져들었다.

뱀파이어령의 수도에서도 외곽으로 나오면 인적이 드문 광산이 몇 곳 있다.

그중에서도 유난히 깊은 곳까지 이어진 어떤 광산의 끝에 위치한 넓은 공동에서 비밀스러운 연구가 진행 중이라는 정보를 입수한 엘프 대표 나이아스는 정보국 요원들을 비밀리에 움직였다.

"안전합니다. 조장님. 은신을 해제해도 될 것 같습니다."

"수고했다. 부관."

먼저 정찰에 나섰던 엘프 요원이 돌아와 보고했다. 그러자 어둠 속에서 4명의 엘프 요원들이 모습을 드러냈다. 이것으로 광산에 투입된 정찰조 5명이 모두 모였다.

"부관은 상황을 보고하라."

조장이 말했다. 부관은 먼저 도착해서 광산 내부를 정찰했기 때문에 정확한 상황을 파악하고 있었다.

"뱀파이어 마도학자들이 연구를 하고 있는 것 같습니다. 경비병의 출입조차 통제하는 것을 보면 최고 기밀 등급이 분명합니다."

"무슨 연구인지 파악했나?"

"마법진과 술식이 정교하고 복잡해서 지금 당장 알아내는 것은 힘들지만 차원 마법의 기초 술식을 일부 사용하고 있습니다."

부관이 말했다.

조장은 조심스럽게 고개를 들었다. 바위 너머로 분주히 움직이고 있는 뱀파이어 마도학자들의 모습이 보였다. 그들의 중앙에는 붉은 마법진이 빛나고 있었다. 한눈에 보기에도 복잡한 술식이 깃들어 있는 마법진이었다. 정확한 용도를 알려면 마도학자들의 정밀 조사가 필요했다.

"조장님. 누군가 오고 있습니다."

출입구를 주시하고 있던 엘프 요원이 황급히 보고했다.

조장과 부관의 시선이 출입구로 향했다.

길게 이어진 통로를 통해 검은 제복을 갖춰 입은 붉은 머리카락의 뱀파이어가 걸어 들어오고 있었다.

"슈타인 대공입니다."

엘프 요원 중 한 명이 긴장한 기색이 역력한 목소리로 말했다.

"설마 슈타인 대공이 관련되어 있을 줄이야……."

조장은 말끝을 흐렸다.

"부관. 어떻게 생각하나?"

"슈타인 대공이 직접 나타난 걸 보면 꽤 중요한 연구인 것 같습니다. 우선은 은신 상태로 정보를 수집하는 게 좋을 것 같습니다."

부관의 말에 엘프 요원들의 시선이 일제히 마도학자들에게 쏠렸다. 그들은 대공 작위를 가지고 있는 슈타인이 나타났음에도 불구하고 눈길조차 주지 않은 채 연구를 이어가고 있었다.

슈타인도 신경 쓰지 않는 모습이었다. 그만큼 중요한 술식 연구라는 것을 의미했다.

"대공님께서 직접 찾아오실 줄은 몰랐습니다!"

짧은 기다림 끝에, 직위가 높아 보이는 뱀파이어 마도학자가 달려 나와 고개를 숙였다.

슈타인은 허공에 대고 손을 휘저으며 입을 열었다.

"지하에 있는 것도 답답해서 말이지. 그래서 잠시 외출한 것이다. 물론 이곳도 지하지만…… 그래서 술식 연구는 어느 정도 진행되었느냐? 내가 맡은 부분은 해석이 거의 끝났다."

"저희 쪽도 거의 끝을 보이고 있습니다. 조금만 있으면 그분들의 강림 준비가 끝날 것입니다."

뱀파이어 마도학자가 대답했다.

슈타인은 만족스러운 표정으로 고개를 끄덕였다.

"아주 좋아. 훌륭하다."

"감사합니다. 대공님."

"마도학자들은 나의 칭찬이 부족할 정도로 잘해주었군. 그런데, 경비 책임자는 조금 혼나야겠어."

싸늘한 살기가 퍼졌다. 슈타인이 사라졌다.

"전투태세!"

엘프 요원들은 상황이 심상치 않게 흘러간다는 것을 깨닫고 무기를 뽑아 들었다. 아니, 시도를 했다.

"누군가 싶었는데, 나이아스 년의 졸개들이었나?"

어느새 그들의 중앙에 모습을 드러낸 슈타인이 냉소와 함께 말했다. 허공에는 엘프 요원들의 무기가 붉은 피에 휘감긴 채 떠다니고 있었다.

"안심하라고는 못 하겠군. 나는 관음을 병적으로 싫어하거든. 최악의 고통을 선사해 주겠다고 약속하겠어."

6장
우연이 아닌 운명

아침 일찍, 잠에서 깨어난 성준은 간단하게 씻고는 '불온한 기도'를 입었다. 마지막으로 장비와 스크롤 등 아이템의 점검을 끝낸 그는 여관 식당에서 아침 식사를 해결했다.

그러고는 여관에서 나와 어딘가로 발걸음을 옮겼다. 목적지가 정해져 있는지 발걸음에 거침이 없었다.

-광장으로 가는 길이군요. 워프 게이트를 이용하시려는 겁니까?

일반적인 경우, 도시의 광장에는 같은 지방의 다른 도시와 연결된 워프 게이트가 있다. 다른 지방의 도시와는 연결되어 있지 않기 때문에 경계를 넘으려면 '육로'를 이용할 수밖에 없지만, 워프 게이트는 충분히 편리한 장치였다.

"테렌시아 중심 도시의 왕립 도서관 지하에 기밀 보관고가 있어. 거기에 리오딘 수정이 하나 있었던 걸로 기억해."

성준은 기억을 더듬으며, 리슈발트의 물음에 대답했다. 과거 여단의 기사 신분으로 기밀 보관고를 지켰었던 덕분에 알고 있는 정보였다. 그가 알기로 리오딘 수정은 보관하는 곳을 변경하는 경우가 드물었으니, 아직 왕립 도서관 지하의 기밀 보관고에 있을 확률이 높았다.

-경비 병력은 어느 정도였습니까?

"군사 시설이 아니라서 그런지 '리오딘 수정'이 있었던 곳에 기사 몇 명이 지키던 게 전부였어."

-조용히 처리할 수 있겠군요.

"문제는 그다음이지. 물론 나는 귀환석을 사용하겠지만."

리오딘 수정이 없어졌다는 걸 눈치채고 순찰이 강화될 때 즈음에 성준은 귀환석을 사용해서 지구로 돌아간 뒤다. 영주가 병사들을 풀어도 유령처럼 사라진 성준을 찾을 수는 없을 것이다.

-광장입니다.

분주히 걸은 끝에 광장에 도착했다. 위조 신분패도 있으니, 워프 게이트 이용은 걱정 없었다.

가까이 접근하자 관리인이 환한 미소를 보이며 반겨주었다.

"환영합니다. 잠시 신분패를 확인해도 괜찮겠습니까?"

관리인이 손을 내밀었다.

성준은 고개를 끄덕이며 위조 신분패를 건네주었다.

"문제없습니다. 목적지는 어디 신가요? 설정해 드리겠습니다."

정교한 위조 신분패였기 때문에 관리인은 의심을 품지 않았다.

"테렌시아 중심 도시."

"설정을 끝냈습니다. 테렌시아 중심 도시까지 편안한 여행되시길 바랍니다."

관리인의 말이 끝나기 무섭게 성준은 발걸음을 옮겼다. 워프 게이트로 들어가기 무섭게 순백의 섬광이 그를 덮쳤다. 이미 전생에 많이 겪은 경험이었기 때문에 성준은 침착하게 워프 게이트의 마력에 몸을 맡겼다.

얼마 지나지 않아서 하얗게 물들었던 시야가 회복되었다. 그는 워프 게이트에서 내려왔다.

"테렌시아 중심 도시에 오신 것을 환영합니다."

제복 차림의 관리인이 성준을 반겼다. 관리인의 바로 옆에 중무장한 기사가 테렌시아 후작가의 깃발을 들고 있었다.

성준은 눈동자를 빠르게 움직여 주위를 살폈다.

아벤할이 공격당하고 영주가 목숨을 잃은지 오래 지나지 않아서 그런지 광장 곳곳에 무장 병력이 배치되어 있었다.

"수고가 많습니다."

성준은 최대한 자연스러운 말투로 대꾸하며 워프 게이트를 벗어나 광장으로 들어섰다.

사람들이 많았다. 얼마 지나지 않아서 쉽게 인파에 섞여 들어갈 수 있었다.

-바로 행동할 생각이십니까?

"일단은 근처 여관에 가서 정보를 수집할 생각이야. 리오딘 수정을 빼내고 경계가 발령되면 느긋하게 행동할 여유는 없을 테니까."

안전하게 귀환석을 사용할 장소가 필요하기도 했다. 먼저 방을 잡아두는 것도 괜찮은 선택지로 보였다.

-훌륭한 판단입니다.

성준은 근처에서 가장 큰 여관에 방을 잡았다. 객실에 먼저 들어가서 이상이 없는 것을 확인한 그는 식당이 있는 1층으로 내려왔다.

자리를 잡고 앉자 종업원이 달려왔다.

"주문은 뭘로 하시겠어요?"

"맥주와 오리 구이로 부탁해요."

성준은 허기를 해결할 수 있을 정도의 음식을 주문했다.

"네! 조금만 기다려주세요!"

종업원은 밝은 목소리로 대답하며 주방에 주문을 전달했다. 사람들이 많았지만, 주방을 맡은 인원도 많은 것인지 10분이 지나기 전에 맥주와 오리 구이가 담긴 접시가 성준의 앞에 놓였다.

성준은 맥주를 입가로 가져가며 주변에 마력을 운용하여 청각을 강화했다.

　"자네, 그거 들었는가? 아벤할 백작을 죽인 범인이 하얀 악마라는 소문이 있더군."

　"나도 들었다네. 그래서 지방군 병력 일부가 도시에 들어와 있더군."

　대부분의 화제가 아벤할 도시가 공격받고 영주가 목숨을 잃은 것과 관련되어 있었다. 성준은 그들의 대화에 집중했다.

　얼마 지나지 않아서 테렌시아 지방군이 모두 소집되었으며 일부는 도시 안으로 진입하여 비상 주둔 중이라는 사실을 알 수 있었다.

　-왕국 연합과의 전쟁에 관련된 이야기를 하는 사람들은 거의 없군요. 정보가 통제되고 있는 것 같습니다.

　리슈발트가 말했다.

　성준도 같은 생각이었다. 그는 대답 대신 고개를 끄덕였다. 전쟁에 대한 소식도 전해 듣고 싶었지만 지금 당장 급한 것은 아니었으니, 차근차근 알아보면 될 터였다.

　-구석으로 자리를 옮겨보는 것도 괜찮을 것 같습니다.

　나쁘지 않은 생각이었다.

　성준은 오리 구이가 담긴 접시와 맥주를 들고 구석진 곳으로 자리를 옮겼다. 그리고 청각을 강화하기 위해 마력을 끌어 올리려는 순간이었다.

살기가 쏟아졌다.

'누군데, 감히 나한테 살기를……'

성준은 살기의 근원을 찾기 위해 눈동자를 움직였다. 이윽고 그의 시선이 멈췄다. 그곳에는 후드를 눌러 쓴 4명이 앉아 있었다.

'수상하군.'

후드를 눌러 쓰는 것 정도는 평범하다고 할 수 있었다. 하지만 마력을 운용하기 무섭게 살기를 보낸 게 마음에 걸렸다.

그뿐만이 아니었다. 확실하지는 않지만 그들의 주위로 소리가 새어나가게 하지 않는 결계의 존재가 느껴졌다. 그것도 꽤 높은 수준이었다. 마법에 전문가는 아니었지만 그래도 식견이 있는 성준이 판단할 때 최소 고위 등급의 마법이었다.

-밀담 중이었던 것 같습니다. 자리를 피하는 게 좋지 않겠습니까?

리슈발트가 조심스럽게 의견을 말했다. 리오딘 수정을 탈취하기 전까지는 이목이 집중되는 걸 피해서 조용히 행동하는 게 좋았지만 성준은 고개를 저었다.

"무시하기에는 살기가 너무 진해."

이건 도발이었다. 여기서 물러나면 도망치는 꼴이 되어버린다. 그건 자존심이 용납하지 않았다.

'이 정도로 살기를 뿌렸는데 멀쩡하다고? 도대체 어떻게 된 놈이지?'

성준에게 살기를 뿌린 남자는 생각했다.

그는 허리에 걸려 있는 검에 손을 얹으며 조심스럽게 주변을 살폈다. 그러고는 옆자리에 앉은 동료를 향해 슬쩍 시선을 던지며 입을 열었다.

"리펠스만 님. 제 살기가 통하지 않습니다."

"내 결계도 간파당한 듯하군. 아무래도 보통내기는 아닌 것 같다."

리펠스만은 심각한 표정으로 입술을 살짝 깨물었다. 그의 시선은 정면에 앉아 있는 이에게 향했다.

체구가 작은 걸로 보아 여성이 분명했고 후드 아래로 판금이 엿보였다. 신분을 숨기기 위해서 가면을 쓰고 있는 것이었다.

"대마법사의 결계도 간파했고, 왕국 연합의 고위 기사 출신의 살기까지 받아냈습니다. 이제 어떻게 할까요? 에리나 경."

놀랍게도 가면을 쓴 여성은 에리나였다. 그녀는 허리에 걸려 있는 검으로 손을 가져갔다.

"우리 이야기를 들었을 확률은 얼마나 될 거라고 생각해요?"

에리나가 아주 작은 목소리로 물었다.

리펠스만은 대답 대신 손가락 다섯 개를 펴 보였다.

"절반의 확률이라……."

고민은 길지 않았다. 그녀는 검을 뽑으며 성준에게 몸을 던졌다. 칼날에는 푸른 오러가 깃들어 빛을 흩뿌렸다.

-주군!

"알고 있어! 변형!"

성준은 어느새 검의 형태가 된 로엘을 휘둘렀다. 마찬가지로 푸른 오러가 깃들어 있었다.

둘의 검이 충돌하면서 사방으로 마력 파편이 튀었다.

"검성의 기습을 막아냈다고?"

"이런 거짓말 같은 상황이!"

후드를 눌러 쓴 2명이 경악했다.

리펠스만도 순간 동요했지만 이내 침착하게 공격 마법을 캐스팅했다.

"꺄아아아아악!"

"도망쳐!"

사람들은 칼부림이 났다는 사실을 한 박자 늦게 깨닫고 서둘러 식당 안을 빠져나갔다. 그동안 성준과 에리나는 쉬지 않고 검을 주고받았다.

동조율 80%의 성준은 현 검성의 타이틀을 가지고 있는 에리나를 상대로 조금의 물러섬도 없이 맞섰다. 두 사람이 워낙 급박하게 전투를 이어가고 있어서 대마법사 리펠스만은 물론이고 다른 2명도 끼어들기 힘들었다.

'이 검술은······.'

'낯설지 않아······ 이 공격 방법······.'

검을 주고받는 횟수가 늘어날수록 두 사람의 마음속 깊은 곳에 잠들어 있던 그리운 기억이 깨어나려 했다.

'에리나!'

'로우켈!'

한 사람은 잊고 있었던 이름. 다른 한 사람은 평생을 잊을 수 없었던 이름. 두 개의 이름이 두 명의 심장에 스며들었다. 떠올린 순간, 두 사람은 서로에게 검을 휘두르는 것을 동시에 중단했다.

"당신······ 혹시······."

그녀는 말을 끝맺지 못했다. 벽이 무너지면서 목소리가 파묻혔다. 흙먼지가 가라앉기도 전에 중무장한 기사들이 들이닥쳤다.

-테렌시아 지방군입니다.

리슈발트가 보고했다.

"경! 지금은 물러나야 합니다!"

"하, 하지만······."

"경! 제국의 전술을 잘 알고 있지 않습니까? 곧 특무군이 올 겁니다!"

에리나는 망설였다. 하지만 리펠스만은 계속 재촉했다. 결국, 그녀도 움직일 수밖에 없었다.

그들은 돌파구를 만들어 먼저 탈출했다. 이제 식당에는 성준과 20명 정도 되는 숫자의 기사들만 남아 있었다.

"너는 이미 포위되었다!"

"무기를 버리고 항복해라!"

기사들이 경고했지만, 성준은 무기를 버리지 않았다. 오히려 입꼬리를 끌어 올려 싸늘한 웃음을 흘릴 뿐이었다.

"왕립 도서관까지 충분하려나······?"

그의 혼잣말에 리슈발트는 미소를 지으며 입을 열었다.

-충분합니다.

검을 휘둘렀다.

"크아아악!"

"으아아악!"

기사들이 피를 흩뿌렸다. 20명이 넘는 기사들이 순식간에 시체가 되어 차갑게 식어갔다.

식당 안의 적을 모두 제거한 그는 창밖으로 몸을 던졌다. 산산 조각난 유리가 사방에 튀었다.

"놈이 탈출했다!"

"마법 지원은 아직입니까?"

"포위다! 포위진을 펼쳐라!"

테렌시아 지방군 소속의 기사들과 병사들이 분주하게 움직였다. 하지만 이미 그곳에 성준은 없었다.

"어디로 간 것이냐!"

지방군 장교가 분통을 터뜨리고 있을 때 성준은 은신 상태로 왕립 도서관을 향해 달려가고 있었다. 도로 곳곳에 무장 병력이 배치되어 있었지만 영주성으로 향하는 길목이 대부분이었다. 왕립 도서관 근처에는 소수의 병력뿐이었다.

당연히 성준이 아벤할을 공격할 때처럼 영주를 노릴 것이라 판단한 것이었다.

-왕립 도서관입니다.

리슈발트가 말했다.

성준은 주변을 살폈다. 도서관을 지키고 있는 무장 병력은 소수에 불과했고 수준도 높지 않았다.

성준은 은신을 사용한 상태로 왕립 도서관 내부에 들어섰다. 지상은 군사 시설이 아니었기 때문에 건물 주변을 순찰하는 소수의 경비병이 무장 병력의 전부였다.

지하로 내려가면 기밀 보관고를 지키고 있는 기사들이 더 있겠지만 그들의 수도 많지 않을 것이었다. 전생에 왕립 도서관 지하의 기밀 보관고를 지키는 역할을 맡은 적이 있어서 경비 병력의 편성에 대해서는 잘 알고 있었다.

시간이 꽤 흘러서 편제가 변했을 가능성도 있지만, 전쟁 중인 제국이 고작 도서관의 기밀 보관고에 많은 경비 인원을 할당했을 것이라고 생각하기에는 무리가 있었다.

-지하로 가는 길입니다.

리슈발트가 말했다. 지하로 가는 계단은 숨겨져 있지 않았기 때문에 금방 찾을 수 있었다.

성준은 계단을 통해 지하로 내려갔다.

일반 계단으로 갈 수 있는 곳은 지하 2층까지였다. 지하 3층부터는 비밀 계단을 이용해야 갈 수 있고, '리오딘 수정'은 마지막 층인 지하 5층에 있었다.

'비밀 계단을 찾는 건 어렵지 않지…….'

성준은 왕립 도서관들의 구조가 비슷하다는 것을 알고 있었다. 비밀 계단을 찾는 방법도 잘 알고 있었다.

지하 2층은 고요함만이 흐르고 있었다. 가벼운 무장을 갖추고 순찰을 돌고 있는 기사 2명을 제외하면 경비 임무를 수행하는 무장 병력의 모습은 찾아볼 수 없었다.

누군가 침입하더라도 비밀 계단을 찾지 못할 것이라는 자신감 때문일지도 모른다고 생각하며 발걸음을 옮겼다.

'기사들은 지금 처리하는 게 좋겠군.'

성준은 바로 행동했다. 기사 1명의 목에 단검을 꽂아 넣으면서 은신 상태가 풀렸지만 다른 기사는 성준의 접근을 눈치채지 못했다.

순찰 돌고 있던 기사 2명이 목숨을 잃는 것으로 지하 2층에 살아 있는 자는 성준만 남았다.

-다시 은신을 사용하지 않아도 되겠습니까?

"어차피 지하 3층으로 내려가는 계단에 은신 해제기가 있어."

리슈발트의 물음에 성준이 설명했다.

은신 해제기는 은신을 탐지하여 그 상태를 강제로 해제할 뿐만 아니라, 경보까지 울리기 때문에 조심해야 했다. 동작 감지 술식 또한 설치되어 있었지만, 다행히 사각지대가 있었다. 성준은 사각지대를 이용해 조심스럽게 지하 3층으로 내려갔다. 여기부터는 기밀 보관고로 분류된다.

지하 2층에서는 거의 볼 수 없었던 기사들과 병사들을 곳곳에서 찾아볼 수 있었다.

'생각보다 수가 많네.'

성준이 생각했다.

밖에서 난리가 나면서 기밀 보관고를 지키기 위해 대기 병력까지 소집된 모양이었다.

-여기서는 전투를 피하는 게 좋을 것 같습니다. 수가 생각보다 많습니다. 지연 전투를 하면서 증원군을 부르면 끝이 없을 겁니다.

지하 3층은 넓었고 기사들과 병사들도 흩어져 있어서 순식간에 섬멸하는 게 힘들었다. 지하 4층과 5층에도 무장 병력이 배치되어 있을 게 분명하니, 전투를 길게 끌면 적들이 '리오딘 수정'을 빼돌릴 확률도 있었다.

지하 2층에서는 2명밖에 없었기 때문에 들키지 않을 자신이 있었지만, 지금부터는 최대한 전투를 회피하는 게 좋을 것 같았다.

-제가 정찰을 지원하겠습니다.

"부탁할게."

-완벽하게 처리하겠습니다.

리슈발트가 주변을 정찰하여 기사들과 병사들의 순찰 동선을 분석하고 보고했다.

성준은 기척을 죽인 상태로 계속해서 발걸음을 옮겼다.

그는 잠입과 암살과 관련된 훈련도 받았기 때문에 지하 5층까지 능숙하게 내려갈 수 있었다. 지하 3층, 그리고 4층과 달리 5층에는 무장 병력의 모습을 찾아볼 수 없었다. 다만, 눈에 보이지는 않지만, 기척 하나가 어둠 속에서 숨죽이고 있는 게 느껴졌다.

'이 정도의 실력자가 기밀 보관고나 지키고 있다고? 리오딘 수정 말고 다른 거라도 숨겨두었나?'

기척을 죽이는 능력만 봐도 적어도 기사 여단 서열 20위 안에 드는 실력자가 분명했다.

-저쪽은 주군에게 기척을 읽혔다는 사실을 모르고 있는 것

같습니다. 이 경우, 기습을 허용하는 척하면서 반격하는 게 효율적이라고 판단됩니다.

성준은 리슈발트의 말에 대답하는 대신 발걸음을 옮겼다. 아무 생각 없이 움직이는 것처럼 보였지만 사실은 오른손에 들고 있는 검은 어떤 방향에서 기습을 해오더라도 대응하고 반격할 수 있는 위치였다.

'온다.'

놈이 움직였다. 성준은 검을 휘둘러 기습을 방어했다.

'대검이군.'

묵직한 무게감이었다. 굳이 눈으로 확인할 필요도 없었다. 성준은 대검에 실린 힘을 부드럽게 흘리며 상대의 자세를 무너뜨렸다.

"이, 이런!"

상대방에서 당황한 듯한 음성이 터져 나왔다. 그도 뛰어난 실력자였지만 성준에 비하면 부족했다.

"큭!"

피가 튀었다. 조금이지만 자세가 흐트러진 순간, 성준의 휘두른 칼날이 그의 복부를 스치고 지나간 것이었다.

'얕았다!'

성준은 입술을 살짝 깨물었다. 깊은 느낌이 아니었다.

그는 반격을 피하기 위해 뒤로 물러났고 기습을 가한 기사 또한 재정비를 위해 빠르게 뒷걸음질했다.

"나는 기사 여단 서열 11위의 실링스다. 내 기습을 피하고 반격까지……. 네놈, 정체가 뭐냐?"

실링스가 떨리는 목소리로 물었다. 단 한 번의 공방으로 성준이 자신보다 강하다는 것을 느낀 것이었다.

-주군. 기사 여단 서열 11위면…… SSS급 헌터 수준의 전투력을 가지고 있을 겁니다. 조금 전에는 적도 방심한 상태였습니다. 주의할 필요가 있는 적입니다.

리슈발트가 말했다.

성준은 말없이 검을 들어 올렸다.

걱정은 없었다. 압도하지는 못하더라도 이길 수 있다는 자신감은 충분했다.

'공세를 펼칠까……?'

실링스와의 거리가 가깝다. 고속 이동술 한 번이면 단번에 거리가 좁혀질 것이었다.

하지만 성준은 고속 이동술이 아닌 다른 방법으로 거리를 좁히기로 했다.

"블링크."

일순간 사라진 성준은 실링스의 배후에서 모습을 드러냈다.

블링크를 사용한 수준 높은 기습이었지만 실링스도 기사 여단 11위라는 서열이 단순 이름값은 아닌지 곧바로 몸을 돌

소드마스터 힐러님 10

리며 방어 태세를 갖췄다.

"이것도 기습이라고 한 것이냐!"

실링스가 외침과 함께 힘차게 휘두른 대검이 성준을 베었다. 피는 튀지 않았다. 대신 '형체'가 힘없이 일그러지더니 무너졌다.

"자, 잔상이라고?"

너무나 빠르게 움직이면 잔상이 남는다. 성준은 그걸 이용해 실링스를 교란한 것이었다.

'진짜' 성준은 실링스의 우측에서 검을 내찌르고 있었다.

"질풍검."

"크아악!"

질풍검으로 순식간에 거리를 좁혔다.

실링스는 대검으로 50여 개의 검풍 세례를 방어해 내는 데 성공했지만, 복부를 노리고 내찔러 오는 성준의 검을 피하지는 못했다. 오러가 깃든 검이 중갑을 찢고 복부를 관통하면서 찾아온 끔찍한 통증에 실링스는 고통에 찬 신음을 토해냈다.

'깊다!'

성준은 입꼬리를 끌어 올렸다. 이번에는 제대로 찔렀다. 검에 내장이 닿은 게 확실히 느껴졌었다.

연격을 가하려 했지만 실링스가 단검을 뽑아 휘두르는 것으로 반격하는 바람에 뒤로 물러날 수밖에 없었다.

"으아아아! 질풍검!"

피를 흩뿌리며 실링스가 거리를 좁혔다. 검술로 인해 일어
난 검풍이 전방에서 성준을 덮쳐왔다.

군이 앱솔루트 실드를 사용할 필요도 없었다. 신들린 듯 화
려하게 검을 휘둘러 모든 검풍을 받아냈다.

검풍의 방어가 끝났을 때는 어느새 실링스가 코앞까지 접
근한 뒤였다.

"연검!"

3번의 연격이 쏟아졌다.

'새로 개발된 응용 검술인가?'

위협적인 검술이었지만 성준은 어렵지 않게 방어했다.

그 모습을 본 실링스는 질린 표정으로 고개를 저었다.

"도, 도대체! 어디서 이런 괴물이!"

지금 성준은 낡은 로브를 입고 있었기 때문에 '하얀 악마'의
특징인 사제복이 드러나지 않은 상태였다.

"으아아아! 죽어라!"

실링스는 모든 마력을 해방하고 성준을 향해 전력을 다한
공세를 퍼부었다. 단련된 근육이 찢어질 정도로 무리해서 대검
을 휘둘렀지만 성준의 방어 자세는 조금도 흐트러지지 않았다.

"이제 끝?"

"도, 도대체……."

가볍게 도발하는 성준을 보며 실링스는 전의를 상실할 수밖

에 없었다. 검술 실력의 차이가 너무 압도적이었다.

'이렇게 된 이상! 철저하게 지연 전투에 임한다!'

실링스는 계획을 바꾸었다. 시간을 끄는 지연 전투를 개인적으로 좋아하는 것은 아니었지만 지원군이 올 때까지 살아 있으려면 어쩔 수 없었다.

-시간을 벌려는 것 같습니다. 공세를 멈추고 방어 태세를 갖추었군요. 지금이라면 참검을 사용해도 될 것 같습니다.

리슈발트가 말했다.

'참검'은 동작이 크고 허점이 많기 때문에 치열하게 공방을 주고받고 있는 상황에서는 사용하기 힘든 검술이었지만 지금은 실링스가 공격을 포기하고 철저한 방어 자세를 갖췄기 때문에 '참검'을 사용해도 될 것 같았다.

아이러니하게도 시간을 벌기 위해 철저한 방어 자세를 갖춘 것이 실링스의 실수였다.

성준은 '참검'의 자세를 취하며 마력을 끌어 올렸다.

"이, 이건 설마!"

"늦었어."

실링스는 뒤늦게 성준이 '참검'의 자세를 취했다는 것을 깨달았지만 이미 늦었다.

"참검!"

"컥······!"

동조율 80%가 되면서 완전히 해방된 참검은 모든 것을 베어버렸다. 오러가 깃든 대검과 실링스의 몸뿐만 아니라, 차원까지도!

그는 짧은 신음과 함께 붉은 피를 토해냈다. 일시적으로 생긴 차원의 균열 틈으로 깊은 심연이 보였다.

"흡수."

성준은 죽은 실링스에게서 체력과 마력을 흡수했다.

-동조율이 81%로 상승했습니다.

리슈발트가 동조율의 상승을 보고했다. 쉽게 이기긴 했지만, SSS급의 적이라서 그런지 동조율이 1%나 상승했다.

성준은 만족스러운 표정으로 고개를 끄덕였다.

그는 실링스의 시체를 뒤져서 '기사 여단의 목걸이'와 '기사 여단의 반지'를 찾아냈다.

-아직 지원군이 오는 것 같지는 않습니다. 여기서 합성해도 문제가 될 것 같지는 않습니다.

기척은 전혀 느껴지지 않았다.

성준은 고개를 끄덕이며 반지와 목걸이를 건네주었다.

리슈발트가 그것들을 기존의 것들과 합성했다.

[기사 여단의 반지+18]

A급.

오러 지속 효과 확인.

오러 강화 효과 확인.

[기사 여단의 목걸이+13.]

S급.

마력 회복 효과 확인.

서열 11위의 반지와 목걸이를 합성하면서 각인된 숫자는 '11'이 되었다.

성준은 오른손에 검의 형태인 '로엘'을 든 채 실링스의 시체를 넘어 보관함으로 다가갔다. 보관함은 열리지 않았다.

"봉인 술식인가?"

성준은 제로스가 준 스크롤 하나를 찢었다. 그러자 봉인 술식이 해제되면서 보관함이 열렸다.

안에는 리오딘 수정 하나와 둥근 원통 하나가 있었다. 문서가 들어 있는 것 같았다. 보관함과 마찬가지로 봉인 술식의 마력이 느껴졌다.

해제 술식이 깃든 스크롤을 찢어서 파괴를 시도했지만 보관함에 걸려 있던 것보다 상위의 봉인 술식인지 아무런 변화가 없었다.

-기사 여단 서열 11위가 지키고 있던 걸 보면 중요한 기밀문

서가 분명합니다. 일단은 챙겨두는 게 좋지 않겠습니까?

리슈발트가 말했다.

성준은 말없이 고개를 끄덕이며 리오딘 수정과 원통을 챙겼다. 그리고 귀환석을 꺼내 들었다.

-사용할 생각이십니까?

"기척을 보니까 여기에 도착하려면 한참 걸릴 거야. 시간은 충분해."

성준은 귀환석에 마력을 주입했다.

7장
황명을 받들라!

시야를 뒤덮은 백색의 빛무리가 사라졌다. 정신을 차린 성준은 고개를 돌려 주위를 살폈다.

마도학자 제로스의 마법 공방이었다. 차원 이동으로 인한 마력 유동을 읽은 것인지 멀리서 제로스가 달려오고 있었다.

"별일 없었지?"

어느새 코앞까지 다가온 제로스를 보며 성준이 물었다.

"특별한 일이 없었습니다. 일상적인 내용은 나중에 박정철 씨가 정기 보고를 할 겁니다."

제로스의 대답에 성준은 안심했다. 큰일이 있었다면 제로스가 직접 보고하거나 정철이 공방에서 기다리고 있었을 터였다.

"강성준 경. 여정은 어땠습니까?"

"그렇지 않아도 할 말이 많아. 일단은 앉아서 얘기하자."

"마실 걸 가져오겠습니다."

제로스는 손짓 한 번으로 간단한 마법을 완성했다.

벽 쪽의 협탁에 놓여 있던 음료와 잔이 천천히 날아와 성준과 제로스의 앞에 놓였다. 제로스는 음료가 담긴 병의 뚜껑을 열고 성준의 앞에 놓인 빈 잔을 채워주었다.

"어떤 일이 있었습니까?"

"대화를 시작하기 전에…… 이것부터 받아."

성준은 '발트거의 차원 주머니'에서 '리오딘 수정'을 꺼냈다. 테렌시아 중심 도시의 왕립 도서관 지하 기밀 보관고에서 탈취한 것이었다.

"리오딘 수정이군요! 고생이 많으셨습니다!"

제로스의 목소리에서 활기가 넘쳤다. 그는 진심으로 기뻐했다.

"어디서 구하신 건지 여쭤봐도 되겠습니까?"

마도학자라는 종족은 스스로의 호기심과 궁금증을 이겨내지 못하는 경우가 많았다. 제로스도 마도학자였기 때문에 마찬가지였다.

"테렌시아 중심 도시에 왕립 도서관 있는 거 알지?"

성준의 물음에 제로스는 고개를 끄덕이며 입을 열었다.

"물론입니다. 가본 적은 없지만 각 지방의 중심 도시에는 왕립 도서관이 하나씩 있다는 것 정도는 알고 있습니다."

"왕립 도서관 지하에 기밀 보관고가 있는 것도 알고 있어?"

"그 정도는 알고 있습니다."

제로스는 망설임 없이 대답했다. 그는 제국의 마도학자들 중에서도 높은 위치에 있었기 때문에 많은 기밀 정보를 취급할 수 있었다.

"거기 보관함에 있었어."

"역시 그랬군요. '리오딘 수정'은 희귀한 광석이기 때문에 여러 지역에 분산하여 보관하고 있다는 정보를 들은 적이 있습니다. 수호 기사는 누구였습니까?"

리오딘 수정은 귀중한 광석이었다. 비밀리에 분산하여 보관 중이라고는 하지만 수호 임무를 맡은 기사가 분명히 있었을 게 분명했다.

어느 정도 수준의 기사가 수호를 맡았는지 궁금했던 제로스는 성준을 보며 질문을 던졌다.

"기사 여단 서열 11위의 실링스."

성준의 대답에 제로스는 믿기지 않는다는 표정으로 입을 열었다.

"리오딘 수정이 희귀 광물이긴 하지만 기사 여단의 서열 11위가 지키고 있을 정도는 아닐 텐데요……. 강성준 경…… 그곳에 다른 것도 있었던 것이지요?"

"역시 제로스야. 눈치가 빨라."

차원 주머니에서 원통을 꺼내 탁자 위에 올려놓았다.

제로스는 두 눈을 반짝이며 그것을 살폈다.

"봉인 술식이 걸려 있군요. 그것도 아주 수준 높은……."

제로스는 뛰어난 실력의 마도학자답게 원통에 걸려 있는 봉인 술식의 존재를 단번에 파악했다.

"리오딘 수정 하나 때문에 기사 여단 11위를 배치했을 리는 없고…… 아무래도 이걸 지키려고 했겠지?"

성준의 검지 끝이 향한 곳에는 봉인 술식이 걸려 있는 원통이 있었다.

제로스의 시선도 원통에 고정되어 있었다.

"이 안에 뭐가 들어 있을 것 같아?"

"문서를 보관하는 용도의 원통으로 보입니다. 기사 여단 서열 11위가 지키고 있었던 걸로 보아, 상당히 높은 등급의 기밀 문서가 보관되어 있을 겁니다."

제로스는 조심스럽게 추측했다.

"열 수 있어?"

원통에서 시선을 떼지 않은 채, 성준은 제로스를 향해 질문을 던졌다.

"봉인 술식의 수준이 상당히 높습니다. 지금 당장은 열 수 없습니다."

"충분한 시간이 있으면?"

"열 수 있습니다. 제국 최고의 마도학자라는 이름을 가졌던 제게 불가능은 없습니다."

자신감 넘치는 목소리가 공방에 울려 퍼졌다. 제로스는 입가에 희미한 미소를 머금은 채 원통을 들어 올렸다.

"최대한 빨리 봉인 술식을 해제하겠습니다! 오래 걸리지는 않을 겁니다!"

그는 확신을 담아 말했다.

"어떤 비밀이 담겨 있을지 궁금하네."

성준이 혼잣말에 가까운 목소리로 중얼거렸다. 제국 최강의 기사들이 모인 여단에서도 13기사를 제외하면 11번째로 강한 이를 배치해 둘 정도의 비밀이다. 흥미가 안 생긴다면 거짓말일 것이다.

"봉인 술식 쪽은 맡길게."

잔에 담긴 음료를 단숨에 마신 뒤, 성준은 제로스를 보며 말했다.

"걱정하지 않으셔도 좋습니다. 저는 제국 최고의 마도학자였으니까요."

"봉인 술식 풀리면 연락해. 바로 여기에 올 테니까."

"알겠습니다."

제로스가 미소를 머금은 채 대답했다.

성준은 만족스러운 표정으로 고개를 끄덕이고는 공방을 나와 서재로 올라갔다. 미리 연락을 받은 정철이 문 앞에서 기다리고 있었다.

"오셨습니까?"

"일단 들어가자."

먼저 서재 문을 열고 안으로 들어가자 정철이 뒤따라 들어오며 문을 닫았다.

"청룡 그룹에서 성골 그룹을 성공적으로 흡수했습니다. 이제 재계 쪽에서 영향력으로 우리를 위협할 적은 없을 겁니다."

좋은 소식이었다. 대기업 간의 합병은 쉬운 일이 아닌데, 설아가 생각보다 일 처리를 잘한 것 같았다.

"성골과 협력했던 길드들은 어떻게 됐어?"

성골 길드가 완전히 무너졌다는 건 알고 있었다. 그들과 협력한 길드들 역시 같은 순서를 따르고 있다는 정보도 얼마 전에 들었다. 하지만 최후까지 확인하지는 못했다.

"그렇지 않아도 보고를 드리려고 했습니다. 성골 길드를 포함한 9개 길드는 해산되었으며, 재산은 압류되었습니다. 청와대 쪽에서 비공식적으로 감사의 인사와 함께 재산 일부의 소유권을 양도했습니다."

"청와대에서 길드 자금의 소유권 일부를 우리한테 양도했다고?"

비공식적이지만 압수한 물품의 소유권을 양도하는 건 흔한 일이 아닌 걸로 알고 있었다.

쇼트메스터 헬러님 10

성준은 이해할 수 없다는 표정이었지만 정철은 나름대로 추측하고 있는 게 있었다.

"길드장님께서 SSS급 헌터 판정을 받은 뒤로, 청와대의 태도가 크게 변하기는 했습니다. 아무래도 미국의 포섭 공작에 대한 위기감을 느끼고 있는 것 같습니다."

"그럴지도 모르겠네."

성준은 고개를 끄덕이며 대답했다. 그도 정철의 생각에 동의했다.

"그런데, 계약도 했는데 그렇게 불안해할 이유가 있을까?"

과거에 미국의 제안을 거절하는 조건으로 대한민국에서 발생하는 마정석 정산을 우대받는 걸로 국가와 계약을 했었다. 정철도 그 사실을 알고 있었다.

"길드장님께서는 SSS급 헌터가 되셨습니다. 사실상 계약은 무의미합니다. 당장 미국으로 건너가도 대한민국에서는 막을 방법이 없어요."

정철의 말은 냉정하지만 사실이었다. SS급 헌터가 가지는 권력과 영향력만 해도 엄청났다. SSS급은 모든 것에서 초월적인 존재일 수밖에 없었다.

"일단 지금은 미국으로 건너갈 생각은 없어. 한국에서 나한테 크게 실수한 것도 없으니까."

성준이 말했다.

정철도 차분한 표정으로 고개를 끄덕이며 입을 열었다.

"SSS급 헌터라고 해도 트러블은 최대한 자제하는 게 좋죠. 현명하신 판단입니다."

"그건 그렇고 최상위 길드 9곳이 해산되었으니, 우리 길드 순위도 조금 올랐겠네?"

"조금이 아니라 많이 올랐습니다. 유신철 씨의 S급 판정도 있어서 그런지 저희 로드 길드는 대한민국 랭킹 10위 길드가 되었습니다."

그는 입가에 미소를 머금은 채 좋은 소식을 전했다.

"잘됐네."

성준은 차분한 표정으로 고개를 끄덕였다. 기쁜 일이 분명했지만, 어느 정도 예상했던 결과였기 때문에 들뜬 기분은 아니었다.

"그리고 이번에 랭킹 9위로 승격된 하운드 길드에서 비공식적으로 감사 인사를 하고 싶다는 뜻을 전해왔습니다."

하운드 길드 입장에서는 성준이 고마울 수밖에 없었다. 그가 아니었다면 최상위권의 9개 길드는 멀쩡했을 것이고, 하운드 길드는 최상위권 9위에 랭크되는 영광을 누리지 못했을 것이다.

"적당히 알았다고 회신 보내줘. 직접 만날 시간이 없다."

성준이 말했다. 하운드 길드장과 만남을 가지는 것도 나쁘지는 않겠지만 최근 그는 많이 바빴다. 시간이 많지 않았다.

"하운드 길드 쪽에서도 이해할 겁니다. 길드장님께서 바쁘시다는 건 대한민국에서 모르는 사람이 없을 정도니까요."

"당분간 내가 자리를 비울 일이 많을 거야. 한석이랑 같이 길드 업무를 계속 봐 줬으면 좋겠어."

"어려운 일은 아닙니다. 최선을 다하겠습니다."

정철은 대답과 함께 미소를 지어 보였다. 믿음직스러웠다.

"조금 전에, 테렌시아 중심 도시가 공격받았습니다."

어둠 속에서 금발의 남자가 모습을 드러내며 말했다. 그는 특무군 조사 부대의 최고 지휘관인 볼트였다.

"피해 상황은?"

술잔을 내려놓으며 질문을 던지는 이는 특무군 사령관 아레스 백작이었다.

"곧 정확한 보고서가 도착하겠지만, 우선 테렌시아 후작님께서는 무사하십니다만……."

볼트가 보고했다.

그가 아레스를 찾아온 이유는 구두를 통한 사전 보고일 뿐이었다. 특무군은 임무의 특성상 정보가 빨라야만 했다. 정규 보고는 작성과 이동에 시간이 필요하기 때문에 가끔 중요한 정보가 있을 때는 사람을 통한 구두 전달이 먼저 이루어졌다.

"다만? 말끝을 흐리는 걸 보니 다른 피해가 있었나 보군."

"테렌시아 중심 도시의 왕립 도서관 지하에 위치한 기밀 보관고가 털렸습니다."

"뭐라고? 실링스 경이 지키고 있었던 '그곳' 말인가?"

"그렇습니다."

"맙소사……."

아레스의 목소리가 떨렸다. 그의 기억이 정확하다면 테렌시아 중심 도시의 왕립 도서관 기밀 보관고에는 빼앗겨서는 안 되는 비밀이 잠들어 있었다.

"보관함은?"

"봉인 술식은 해제되었고 안에 보관 중이던 '리오딘 수정'과 기밀문서가 탈취당했습니다. 또한, 실링스 경은 전사했습니다."

볼트의 보고에 아레스는 머리가 지끈거리며 아파 오는 것을 느꼈다.

'테렌시아 중심 도시의 왕립 도서관 지하에 보관되어 있던 기밀문서에는 황제 폐하에게 치명적인 내용이 적혀 있다……. 중앙 귀족들의 열람까지 막으려고 극비로 다른 장소에 보관한 게 화근이었나……?'

뒤늦게 후회했지만, 소용없었다. 엎질러진 물이었다. 기사 여단의 실링스는 목숨을 잃었고 보관 중이던 기밀문서는 탈취당했다.

"큰일 났군."

아레스는 피가 새어 나올 정도로 입술을 깨물었다.

그는 벽에 걸려 있는 제복 외투를 집어 들었다.

"사령관님?"

"당장 황제 폐하를 알현해야겠다. 마차를 준비시키도록."

그는 볼트에게 지시를 내리는 것과 동시에 제복 외투를 입었다.

테렌시아 중심 도시의 왕립 도서관 지하에 보관되어 있던 기밀문서의 내용은 제국의 황제와 특무군 사령관 아레스 백작만 알고 있는 것이었다.

'황제 폐하께 이 사실을 알려야 한다……!'

마음이 다급해졌다.

마차에서 내린 아레스는 황궁을 향해 발걸음을 재촉했다.

특무군 제복을 입었다고는 하지만 갑작스러운 등장에 황실 친위대원들이 앞을 막아서기 위해 움직이려는 순간이었다.

"특무군 사령관이다! 지금 당장 황제 폐하를 알현해야 한다!"

아레스가 큰 목소리로 자신의 신분을 밝혔다. 그러자 앞을 막아서려고 했던 황실 친위대원들이 그의 얼굴을 확인하고는 황급히 뒤로 물러났다. 황실 친위대원들은 아레스가 황제의 최측근이라는 걸 알고 있었다.

길이 열렸다.

아레스는 알현실이 있는 방향으로 향했다. 넓고 긴 복도를 따라 10분 정도를 걷자 알현실 앞에 도착할 수 있었다.

"황제 폐하께 특무군 사령관이 왔다고 알리게. 급한 일이라고도 말하고!"

"알겠습니다!"

문 앞을 지키고 있던 황실 친위대원은 힘찬 목소리로 대답한 뒤, 아레스가 찾아왔다고 알현실 안에 전했다.

"입실하셔도 됩니다."

황실 친위대원이 황제의 말을 전했다.

문이 열리면서 화려한 알현실 내부가 모습을 드러냈다. 붉은 카펫의 끝에 있는 황좌에 황제가 앉아 있었다.

"어서 오라. 아레스 백작. 자네가 연락도 없이 찾아온 걸 보면 긴급한 일인 것 같군."

"황제 폐하! 이 문제는 '밀실'에서 다뤄야 할 것 같습니다!"

알현실에는 밀실과 연결된 통로가 있다. 이곳에서는 주로 알현실에서는 할 수 없는 높은 기밀 등급의 대화가 오고 간다.

"밀실의 문을 열어라."

황제가 지시했다. 황실 친위대원들이 밀실의 문을 열었다. 황제는 아레스와 함께 밀실로 들어갔다.

황제의 안전을 위해 동행한 이는 친위대장 1명뿐이었다. 다른 친위대원들은 모두 알현실에 남았다.

아레스도 황실 친위대장이 동행하는 걸 막지 않았다. 그는 황제의 최측근이며, 테렌시아 중심 도시의 왕립 도서관 지하에 보관 중인 기밀문서의 존재를 알고 있는 극소수 중 한 명이기도 했다.

"문을 닫겠습니다."

황제가 고개를 끄덕이자 황실 친위대장은 밀실의 문을 닫았다. 이것으로 외부와 완전히 격리되었다. 강력한 마법 술식이 지키고 있기 때문에 대화가 새어 나갈 걱정도 없었다.

"이제 '우리'만 남았으니, 말해보라."

밀실 안에 있는 이들은 모두 테렌시아 중심 도시 왕립 도서관에서 보관 중이던 기밀문서의 존재나 내용을 알고 있는 자들이었기 때문에 아레스는 차분한 표정으로 입을 열었다.

"테렌시아 중심 도시가 공격당했습니다. 곧 정식 보고서가 올라갈 겁니다."

"뭐라고? 왕립 도서관에서 보관 중이었던 13번 기밀문서는 안전한가?"

아레스의 짧은 보고를 듣기 무섭게 황제가 첫 번째로 물은 것은 영주의 생존 여부나 도시의 피해가 아닌 왕립 도서관 기밀 보관고에 잠들어 있었던 13번 기밀문서의 행방이었다.

다른 질문들보다 우선시 된 것만 봐도 안에 얼마나 중요한 내용이 잠들어 있는 것인지 대충 짐작할 수 있었다.

"탈취당했습니다."

아레스는 떨리는 목소리로 힘겹게 말했다. 감히 고개를 들 수 없었다. 13번 기밀문서를 수도가 아닌 다른 지역에서 보관하는 게 좋을 것 같다고 건의하고 진행한 책임자가 바로 자신이었기 때문이었다.

"백작은 지금 13번 기밀문서가 탈취당했다고 말하고 있는 건가?"

황제가 책망하듯 물었다.

"변명하지 않겠습니다."

"여단에서 서열이 높은 기사를 배치했다고 하지 않았나? 서열 15위 안에 들어가는 강자들이었던 걸로 기억하는데……?"

"서열 11위의 실링스 경이 지키고 있었습니다만…… 교전 중에 전사했습니다."

아레스의 대답에 황제의 눈동자가 흔들렸다. 기사 여단 서열 11위가 가지는 의미는 결코 가볍지 않았다.

"기사 여단 서열 11위를 격파할 정도의 전력이 움직인 걸 보면, 13번 기밀문서의 존재를 알고 있었을 확률이 높습니다. 그렇지 않고서야 고작 왕립 도서관 지하를 공격하면서 이 정도의 전력을 움직였을 리가 없습니다."

"반란군인가?"

"배후 세력은 아직 파악하지 못했습니다. 하지만 결코 황제 폐하께 우호적인 놈들은 아닐 겁니다."

아레스는 차분하게 대답했다.

황제의 표정이 심각해졌다.

"아레스 백작. 13번 기밀문서가 얼마나 중요한 것인지는 알고 있겠지?"

"물론입니다. 황제 폐하."

"그 내용이 공개되면 내가 얼마나 치명적인 피해를 입는지도 알고 있을 것이라 생각한다."

"최선을 다해서 탈환하겠습니다."

지금 할 수 있는 최선의 대답이었다.

"여단의 최고 기사, 발리안 경에게 모든 무력 지원을 아끼지 말라고 전해두겠다. 백작은 모든 수단과 방법을 가리지 말고 13번 기밀문서를 탈환해라."

"황명을 받들겠습니다!"

"물러가도 좋다."

황제가 말했다.

아레스는 고개를 숙여 예를 갖춘 뒤, 황궁을 떠났다.

황성 안에 마련된 저택으로 돌아온 그는 서재의 의자에 앉아 짧은 한숨과 함께 술잔을 채웠다.

이윽고 조사 부대의 최고 지휘관인 볼트가 서재로 들어와 보고서를 제출했다.

"차원 관문을 사용한 흔적이 있다고?"

눈동자를 빠르게 움직여 1차 속독을 끝낸 아레스가 물었다. 볼트는 고개를 끄덕이며 입을 열었다.

"조사 부대의 마도학자들이 조사한 결과, 지구로 넘어간 게 확실하다고 합니다."

"그렇다면 역시 '하얀 악마'였나……?"

"가장 유력합니다."

다른 보고서도 읽어보았지만 모든 내용이 '하얀 악마'가 유력하다고 말해주고 있었다. 범인을 알아냈지만 그게 '하얀 악마'라는 게 문제였다. 지금까지 수집한 정보에 의하면 '하얀 악마'는 지구인이 분명했다.

하지만 제국 정찰총국에서 확보한 정보는 그것뿐이었다.

"하얀 악마에 대한 정보를 모두 가져와."

아레스가 지시했다.

볼트는 즉시 행동했다. 하얀 악마와 관련된 정보 문서를 모두 가져왔다.

하지만 쓸 만한 정보는 없었다.

"종족 연합이 '하얀 악마'에 대한 정보를 많이 확보한 걸로 압니다. 그들과 정보 거래를 하는 건 어떻겠습니까?"

볼트가 조심스럽게 물었지만, 아레스는 신경질적으로 고개를 저었다.

"가능하면 종족 연합에 빚을 지는 것은 피하고 싶어서 말이지."

제국과 종족 연합은 동맹을 맺은 상태였고 아레스는 그것을 지지한 귀족이었지만 종족 연합에 대한 솔직한 인식은 페이드 후작과 크게 다르지 않았다. 개인적인 인식이 아니더라도 장기적으로 봤을 때 종족 연합에 빚을 만들어 두는 건 좋지 않다고 생각했다.

"황명을 받으셨는데, 괜찮겠습니까?"

"다른 방법이 있으니까 상관없다."

보고가 끝났다.

볼트가 물러갔고 다른 손님이 찾아왔다. 새롭게 찾아온 손님은 13기사회의 최고 기사, 발리안이었다.

"황명을 따르기 위해 왔습니다. 그간 안녕하셨습니까? 아레스 백작."

서재 안으로 들어온 발리안은 아레스의 앞에 앉았다.

"13기사회의 전력 지원은 힘듭니다."

발리안은 단호하게 말했다.

아레스는 차분한 표정으로 고개를 끄덕였다.

제국의 검성 중에서도 정예 13명이 모여 만든 강력한 무력

기관이 13기사회였다. 그들의 지원을 받을 수 있다면 좋겠지만 왕국 연합이 대대적으로 반격에 나서고 있는 지금 상황에서 그들의 도움을 바라는 건 사치였다. 아레스는 처음부터 기대하지도 않았다.

"하지만 기사 여단의 무력 지원은 가능할 것 같군요."

황명을 받았으니, 최소한 기사 여단의 지원이 있을 것이라는 정도는 예상할 수 있었다.

서열 몇 위의 기사가 움직이는지가 문제였다.

"서열 몇 위의 기사를 보내주실 수 있습니까?"

"서열 8위 소이드. 서열 9위 하렌스. 그리고 서열 10위의 토벤을 보내겠습니다."

"정말 그래도 괜찮겠습니까?"

왕국 연합과의 전쟁이 점점 치열해지고 있는 상황에서 서열 10위 안에 들어가는 실력자를 3명이나 지원해 줄 것이라고는 생각하지 못했었다.

"물론입니다. 아레스 백작. 13번 기밀문서는 매우 중요한 것 아니겠습니까? 황제 폐하와 제국을 위해서라도 하루빨리 탈환해야 합니다."

발리안이 말했다.

아레스도 고개를 끄덕였다.

"황실 마탑에서도 대마법사 안텔크를 보내주기로 했습니다.

이 정도 전력이면 작은 국가를 무너뜨리고도 남습니다. 아레스 백작께서 훌륭한 계획을 가지고 있을 것이라고 생각합니다."

"물론입니다."

아레스는 입꼬리를 끌어 올렸다.

그는 특무군 사령관이다. 계획은 언제나 준비되어 있었다.

"잠시 러시아에 다녀와야겠어."

성준이 말했다.

그의 앞에 앉아 있어서 보고서를 검토하고 있던 정철이 고개를 들었다.

"러시아 말입니까?"

"그래. 유사시에 내가 러시아 연방군을 얼마나 움직일 수 있는지 확인하고 오려고."

"알겠습니다. 길드의 일은 제게 맡겨주십시오."

정철이 말했다.

성준은 미소를 지으며 고개를 끄덕였다. 정철의 일 처리는 확실하기 때문에 믿을 수 있었다. 그리고 만약의 상황에 대비하여 한석이 언제나 함께할 것이었다. 그러니, 걱정은 없었다.

보고가 끝나고 정철이 돌아갔다. 성준은 연방 보안국 요원이자 예전에 통역관 역할을 해주었던 리베르도에게 곧 러시아를 방문할 것이라는 메일을 보냈다.

[전세기를 보내겠습니다.]

리베르도의 답신이었다.

성준은 러시아 연방 보안국에서 보내준 전세기를 타고 모스크바로 향했다. 국경을 넘자 러시아 공군 소속의 전투기 편대가 호위로 붙었다.

성준을 태운 전세기는 모스크바 방어전 때 사용된 임시 공항에 착륙했다.

"강성준 헌터님! 여기입니다!"

한국어였다. 연결 통로에서 리베르도가 기다리고 있었다.

성준은 그에게 다가가 가볍게 악수를 했다.

"오랜만입니다."

"네! 러시아 재방문을 환영합니다!"

리베르도가 활기찬 목소리로 반겼다.

"연방 보안국장은?"

"청사에서 기다리고 있습니다."

임시 공항 건물에서 나왔다.

성준과 리베르도는 대기하고 있던 차량을 타고 하노프가

기다리고 있는 청사로 이동했다. 하노프는 집무실에서 성준과 리베르도를 기다리고 있었다.

"길드장님 오셨습니까?"

하노프가 고개를 숙였다.

"별일 없었지?"

"네. 정기 보고에 적어 보낸 내용 외에는 특별한 이슈가 없었습니다."

리베르도가 두 사람의 대화를 통역했다. 일상적인 대화가 끝났다.

성준은 본론을 꺼내기 위해 차분한 표정으로 입을 열었다.

"러시아 군부 장악은 어느 정도 진행되었지?"

"쉽게 설명드리자면 길드장님께서 유사시 소집을 명령하신다면 러시아 연방군의 절반이 응할 겁니다."

성과가 좋았다. 예전에도 성준이 러시아 연방군의 최고 지휘권을 가지고 있었기는 했지만, 막상 제대로 동원하려면 군부의 동의가 많이 필요했었다. 그런데 지금 하노프의 대답을 들어보면 그가 군부 장악을 성실히 해왔다는 것을 알 수 있었다.

"더 장악할 수 있나?"

"확답을 드리기 힘듭니다. 나머지는 미국에서 장악한 상태입니다. 현 러시아 대통령 표트르부터가 미국의 사람이라서요."

하노프가 대답했다.

성준은 두 눈을 가늘게 뜨며 입술을 살짝 깨물었다.

"미국이 문제라는 말이지……."

"이걸로 레이드 상황은 종료인가……?"

선글라스를 낀 금발의 헌터가 말했다. 그의 옆에 있던 다른 헌터들은 고개를 끄덕였다. 방금 전까지 레이드가 한창이었던 탓에 주위는 매서운 폭풍이라도 지나간 것처럼 엉망이었다.

"S급 레이드 상황이라고 하길래, 긴장했는데 별거 없네."

헌터는 대검을 반지의 형태로 변형시키며 말했다.

그는 이번 레이드 상황을 정리하기 위해 동원된 S급 헌터였고 주변의 다른 헌터들은 그의 정규 공략팀 소속이었다.

"팀장님, 저기 사람이 있는 것 같은데요?"

"뭐라고? 기척은 전혀 없었는데……?"

팀원의 손끝이 가리킨 방향으로 S급 헌터의 시선이 향했다. 기척은 없었지만 그곳에 '사람'으로 보이는 4명이 있었다. 옷차림은 일반인보다는 헌터에 가까웠다.

"다른 헌터일까요?"

"다른 헌터가 기척을 죽이고 접근할 리가 없잖아! 모두 무기 들어!"

S급 헌터는 큰 소리로 경고를 내지르며 아이템을 검의 형태로 변형시켰다. 다른 팀원들도 무기를 들어 올렸다.

"인간형 마물인가?"

"차원 관문은 모두 파괴되었을 텐데?"

차원 관문이 파괴되면 소환되었던 마물들은 모두 이계로 역소환된다. 그래서 헌터들은 눈앞의 적대적인 존재들의 등장에 혼란스러울 수밖에 없었다.

물론 특수한 술식을 각인하면 차원 관문이 파괴되어도 역소환되지 않지만, 일반 헌터들이 그 사실을 알 리가 없었다. 술식 각인에 사용되는 마력의 양이 많아서 침투 인원이 아니면 사용하지 않는다.

미국의 헌터들은 미지의 적을 향한 경계를 유지한 채 천천히 거리를 좁혀갔다.

"위장용으로 연결한 차원 관문이 모두 파괴된 모양입니다."

무리의 가장 뒤쪽에 서 있던 남자가 말했다. 깊게 눌러 쓴 후드 아래로 차가운 눈동자가 엿보였다. 그는 황명을 받은 4명의 침투조 중 한 명인 대마법사 안텔크였다.

"이제 우리는 어떻게 해야 합니까? 소이드 경."

기사 여단 서열 9위의 하렌스가 소이드를 보며 물었다. 서열 8위의 소이드는 이들 침투조의 조장 직위를 맡게 되었기 때문에 대부분의 권한은 그에게 있었다.

"우선은 지령에 따라 움직이겠습니다. 여기가 어딘지 모르니, '하얀 악마'가 나타날 때까지 파괴와 학살 행동을 지속하는 게 좋겠군요. 하얀 악마를 끌어낼 수만 있다면 모든 종류의 비인간적인 행위를 용납하겠습니다."

소이드는 웃는 얼굴이었지만 섬뜩한 내용을 말하고 있었다. 지구에서의 정밀 유도가 없으면 대부분의 경우 차원 관문이 열리는 장소를 통제하는 게 힘들었다.

그나마 특무군 요원이 약식 유도라도 했던 과거라면 국가 단위의 위치 조정은 가능했지만 지구의 이계인들이 모두 철수한 지금은 불가능했다.

한 마디로 침투조 4명은 차원 관문이 어느 장소에 열릴지 전혀 예상하지 못했다는 것이었다. 그래서 그들은 차원 관문을 넘기 전에 간단한 계획을 짰는데, 그게 바로 어떤 지점에 상륙하든지 상관없이 하얀 악마를 도발하기 위해 학살하고 주변을 파괴한다는 것이었다.

"이제 마력을 드러내도 되겠습니까? 답답해서 말이에요."

하렌스가 말했다.

소이드는 고개를 끄덕였다.

침투조 4인은 숨겨두었던 마력을 일제히 해방했다.

"이, 이럴 수가……."

"팀장님! 4명 모두 SSS급에 필적하거나 그 이상의 마력을 보유하고 있습니다!"

"도망쳐야 합니다! 이길 수 없습니다!"

해방된 마력을 감지한 헌터들은 두려움에 떨었다. 그들의 팀을 지휘하는 팀장이 S급이었고 다른 이들은 모두 A급이나 B급의 헌터들이었다. SSS급이라는 아득한 초월자들을 눈앞에 두니 싸울 생각조차 모두 날아갔다.

"도, 도망……."

도망치라고 말하려는 것 같았다.

하지만 S급 헌터는 말을 끝맺지 못했다.

"팀장님!"

S급 헌터의 상체가 사라져 버렸다. 허리 위로 아무것도 남아 있지 않았다.

"으, 으아아아!"

"팀장님이 당했다!"

"도망쳐!"

전후좌우의 퇴로가 막혔다. 이제 도망치는 것도 불가능했다. 맞서 싸울 수밖에 없었다. 하지만 가장 가까운 적을 향해 무기를 겨눌 생각조차 들지 않았다. 너무나 압도적인 차이에 전의를 상실한 것이었다.

"시간이 없습니다. 최대한 빨리 처리하죠."

소이드가 검을 들어 올렸다. 푸른 오러가 깃들기 무섭게 그의 몸이 헌터들의 시야에서 사라졌다.

"폭풍검."

기척을 감지하기 전에 목소리가 먼저 들렸다. 그것은 죽음의 선고였다. 동시에 발현된 폭풍검에 의해 헌터들의 몸이 잔혹하게 찢겨 나갔다.

"으아아아악!"

"커헉!"

끔찍한 비명 소리와 함께 사방에 피가 튀었다. 헌터들이 힘없이 쓰러졌다. 일격에 10명이 넘는 헌터들이 목숨을 잃었다.

A급 헌터 3명이 살아남았지만, 중상을 입은 상태였다. 그들은 하렌스가 휘두른 칼날에 목숨을 잃었다.

"여기는 정리된 것 같습니다."

토벤이 주변을 살피며 말했다.

"마력을 해방했으니, 곧 적의 증원 병력이 올 겁니다."

소이드의 말대로였다. 요란한 프로펠러 소리와 함께 등장한 헬기에서 헌터들이 뛰어내렸다.

"저들도 모두 죽이면 되는 겁니까?"

"그렇습니다. 우리는 '하얀 악마'가 나타날 때까지 부수고 죽이면 됩니다."

하렌스의 물음에 소이드가 대답했다. 다른 이들도 고개를 끄덕였다. 헌터들은 여유롭게 대화를 나누고 있는 침투조 4명을 향해 살기를 흩뿌렸다.

"모두 SSS급이다! 방심하지 마라!"

"후속 병력이 도착할 때까지 철저하게 지연 전투에 임한다!"

"원거리 공격으로 견제하면서 천천히 거리를 유지한다!"

마법계 헌터들이 공격 마법을 캐스팅했다. 이윽고 마법이 완성되었다. 하늘에서 불덩이가 쏟아지고 수십 개의 얼음 화살이 사방에서 날아들었다. 무려 A급 마법계 헌터 4명의 합공이었다.

헌터들은 피해는 주지 못하더라도 잠깐이라도 발을 묶어놓을 수 있을 것이라 기대했다. 마법이 작렬하면서 흙먼지가 일어나고 검붉은 연기가 피어났다.

"시야 확보해!"

"윈드!"

지휘를 맡은 헌터가 지시하자 마법계 헌터 한 명이 바람을 일으켜 흙먼지와 연기를 날려 보냈다.

"4명 전원 생존! 멀쩡합니다!"

"방어 마법의 발현 흔적은 전혀 없습니다!"

"맙소사! 방어 마법도 없이 A급 헌터 4명의 공격 마법을 버텼다고?"

헌터들은 경악했다.

그들을 향해 안텔크의 공격 마법이 작렬했다.

"크아아아악!"

하늘에서 날카로운 얼음 조각이 비처럼 쏟아졌다. 낙하 속도가 빨라서 A급 헌터들조차 완전히 회피하지 못했다. 일격에 절반이 사망했고 살아남은 이들도 피를 쏟으며 시멘트 바닥에 나뒹굴었다.

"하앗!"

토벤이 짧은 기합과 함께 그들의 옆을 스쳐 지나갔다. 붉은 피가 솟구쳤다. 새롭게 투입된 헌터들은 제대로 된 저항조차 못 하고 몰살당했다.

"생각보다 싱겁네요."

"방심하지 마십시오. 안텔크 경. 아직 적들의 주력이 모습을 드러내지 않았습니다."

소이드는 재미없다는 표정을 짓는 안텔크를 보며 충고했다. 지구에 상륙하고 30분이 지나지 않았다. 정예 병력이 모습을 드러내기에는 일렀다.

"그렇다면 재촉을 할 필요가 있겠군요. 근처에 대피소가 있는 것 같은데, 쓸어버릴까요?"

안텔크가 섬뜩한 대사를 내뱉었다. 그 누구도 반대하는 이가 없었다.

"안내해 주시죠. 황제 폐하를 위해서라면 기꺼이 검에 피를 묻힐 겁니다."

검을 들어 올려 보이며 하렌스가 말했다.

다른 기사들도 고개를 끄덕였다. 그들은 제국의 기사 중에서도 황제에 대한 광적인 충성심으로 무장한 여단의 기사들이었다. 황명을 받은 이상, 학살도 기꺼이 행할 수 있는 마음가짐이 되어 있었다.

"멀지 않습니다. 걸어서 30분이면 도착할 것 같군요."

안텔크가 말했다. 반대 의견은 없었고 그들은 다량의 마력이 느껴지는 방향으로 발걸음을 옮겼다.

얼마 지나지 않아서 그들은 지하 대피소 앞에 도착했다. 입구를 지키고 있는 이들은 없었다.

"문 너머에서 4명 정도의 마력이 느껴집니다. 모두 B급 헌터입니다."

하렌스가 말했다.

소이드는 고개를 끄덕이며 검을 들어 올렸다. 칼날에 마력이 집중되면서 오러가 강화되었다.

"문은 제가 파괴하겠습니다. 수문장들의 처리를 부탁하겠습니다."

오러 참격을 몇 번 쏟아내자 대피소의 두꺼운 콘크리트 벽이 처참하게 박살 나고 헌터들과 겁에 질린 사람들이 모습을 드러냈다.

황명을 받은 침투조 4명은 망설임 없이 그들을 모두 죽이고 다른 곳으로 이동하기 위해 움직였다. 그들의 앞을 막아선 이들은 미군이었다.

"발사!"

기관총이 불을 뿜고 전차가 포격을 실시했다. 화망을 만들어서 접근을 막으려는 생각이었지만 침투조 4명에게는 통하지 않았다.

그들은 제국의 정예들만 모인 기사 여단에서도 서열 10위 안에 들어가는 최정예였다. 당연히 갑주는 방어 술식으로 도배되어 있었다. 마력을 머금지 않은 일반 총탄이 통할 리가 없었다.

"폭풍검."

어느새 화망을 뚫고 침투한 소이드가 검을 휘두르며 시동어를 내뱉었다. 수십의 검풍이 군인들을 덮쳤다. 사방에서 피분수가 솟구쳤다.

전차도 안전하지 않았다. 예리한 검풍은 전차의 두꺼운 장갑마저 도륙했다.

100명이 넘는 군인들이 3분을 버티지 못하고 전멸했다. 침투조 4명은 학살을 끝내고 다시 모였다.

"소이드 경. 언제까지 이런 잔챙이들만 상대해야 합니까?"

토벤이 물었다. 소이드는 대답대신 안텔크를 향해 시선을 옮겼다.

"드디어 정예 병력이 움직인 모양입니다."

"네, 한 명이 이쪽을 향해 빠른 속도로 거리를 좁혀오고 있습니다."

안텔크의 말에 하렌스가 고개를 끄덕이며 동조했다. 다른 2명도 곧 빠르게 접근해 오는 기척을 느낄 수 있었다.

찢어지는 듯한 굉음과 함께 하늘에서 강력한 전격이 쏟아졌다.

"대마법입니다!"

"앱솔루트 실드!"

안텔크가 방어 마법을 전개하여 공격을 막아냈다. 푸른 뇌광이 사라지고 다시 선명해진 하늘에는 미국의 SSS급 헌터, 레이아가 웨이브 진 금발을 흩날리며 부유하고 있었다.

러시아에서의 용무를 끝내고 한국으로 귀국한 성준은 정철의 정기 보고를 들은 뒤, 던전 공략 일정을 짜기 위해 서재에서 스마트폰을 꺼내 들었다.

던전 관리국에 연락하려는 순간, 제니퍼가 찾아왔다.

"제니퍼? 무슨 일입니까?"

제니퍼의 표정은 상당히 다급해 보였다. 무슨 일이 있는 게 틀림없었다. 성준의 물음에 그녀는 떨리는 시선을 정리하며 입을 열었다.

"미국이 공격당하고 있습니다."

"누가 공격한 겁니까?"

성준이 물었다.

제니퍼는 대답 대신 태블릿 PC를 꺼내서 성준에게 자료 화면을 보여주었다. 흐릿하지만 황명을 받은 침투조 4명의 모습이 찍혀 있었다.

-기사 여단의 문장입니다.

리슈발트가 말했다.

"고작 4명한테 뉴욕이 초토화되었습니다."

"레이아는 뭐하고 있는 겁니까?"

SSS급 헌터, 레이아는 미국의 수호신 같은 존재였다. 제멋대로인 성격이었지만 이런 상황에서 그녀가 나서지 않았을 리가 없었다.

"……졌습니다."

"네……?"

"레이아 씨는 중상을 입고 패주하셨습니다. 이제 남은 희망은 강성준 씨밖에 없습니다. 부디 미국을…… 도와주십시오."

충격적인 말이었다. 레이아는 실전 경험이 부족하여 성준에

비해 전투 능력이 모자라기는 했지만, 지구에 단 2명밖에 없는 SSS급 헌터였다.

-SSS급 헌터인 레이아가 중상을 입고 물러날 정도라면 적어도 여단에서 서열 20위 안에 들어가는 기사가 2명 이상 있을 겁니다. 자료 화면을 보니 로브를 입고 있는 마법사도 대마법사 휘장을 가슴에 달고 있습니다.

리슈발트는 흐릿한 자료 사진 몇 장만으로 침투조 4명의 대략적인 수준을 가늠해 냈다.

성준은 태블릿 PC의 화면에 시선을 고정한 상태로 고개를 작게 끄덕였다. 그의 분석도 리슈발트와 크게 다르지 않았다.

하지만 레이아와 그들의 전투를 옆에서 지켜본 게 아니었기 때문에 섣불리 판단할 수는 없었다.

"이미 뉴욕은 피바다가 되었습니다. 어떻게 알았는지 몰라도 대피소를 찾아다니면서 파괴한 뒤, 죄 없는 일반인들을 학살하고 있어요."

제니퍼가 말했다.

성준은 어두운 표정으로 고개를 끄덕였다. 굳이 설명하지는 않았지만, 대마법사가 일행에 껴 있으니, 탐색 마법으로 대피소를 찾아내는 건 어렵지 않았을 것이었다.

"군 병력과 다수의 헌터들이 동원되어서 최대한 저지하려고 시도 중이지만, 쉽지 않습니다. 미국은 강성준 씨가 필요로 하는 모든 것을 제공할 의사가 있습니다."

"상황이 급박하게 돌아가고 있으니, 지금 당장 조건을 제시하면서 저울질하지는 않겠습니다."

얼핏 보기에는 정의의 사도 그 자체였지만 그는 철저히 실리적으로 움직이는 것이었다. 어차피 지금의 기사 여단은 그의 적이었고 토벌해야 할 대상이었다. 미국에 빚도 만들고 적들도 토벌할 수 있다는 것은 훌륭한 기회였다.

"그, 그 말씀은……."

"미국을 도와서 이계인들을 처리하겠습니다. 1차적으로 제가 먼저 움직이겠습니다. 연합 위원회에도 작전을 입안해 두겠습니다."

성준의 대답에 제니퍼의 표정이 밝아졌다.

"미국행 항공편은 준비되어 있습니다. 지금이라도 바로 출발할 수 있습니다."

"좋습니다. 공항까지는 헬기를 타고 가죠."

성준은 지체 없이 움직였다. 대기하고 있던 헬기를 타고 가장 가까운 공항으로 향했다. 미국행 비행기가 대기 중이었다.

공항까지는 제니퍼와 정철이 수행을 맡았다. 성준은 비행기에 오르기 전에 정철을 보며 연합 위원회에 관련 작전을 입안할 것을 지시했다.

"즉시 처리하겠습니다. 그런데, 제가 동행하지 않아도 되겠습니까?"

정철이 물었다.

성준은 고개를 끄덕이며 입을 열었다.

"제니퍼가 통역해 줄 거니까, 괜찮아. 너는 나중에 다른 헌터들의 통솔을 맡아줘."

"알겠습니다. 길드장님."

"강성준 씨. 죄송하지만 시간이 없습니다."

제니퍼가 재촉했다. 미군과 헌터들이 분전 중이었지만 얼마나 더 버틸 수 있을지 알 수 없었다. 초조한 것도 이해할 수 있었다.

특히나 최종 방어선인 SSS급 헌터 레이아마저 패배했으니, 상황이 어떻게 흘러갈지 예상할 수 없었다.

"그럼…… 남은 건 부탁할게."

"걱정하지 않으셔도 좋습니다. 길드장님."

정철의 대답을 들은 성준은 고개를 끄덕이고는 제니퍼와 함께 비행기에 탑승했다.

-이륙하겠습니다.

안내 방송은 짧았다. 성준과 제니퍼, 그리고 소수의 승무원을 제외하면 탑승객은 없었으니, 당연했다. 이륙한 비행기는 곧장 미국으로 향했다.

"제, 제발…… 아이들은 살려주세요……."

한 여인이 애원했다. 그녀는 피투성이였지만 자신의 안전보다는 뒤에서 떨고 있는 수십 명의 어린아이를 걱정했다.

그녀는 뉴욕 어느 초등학교의 교사였다. 갑작스러운 레이드 상황 탓에 학생들을 데리고 대피소로 이동했었다. 대피소가 의문의 습격을 받게 되자 그녀는 어린 학생들을 데리고 도망치다가 결국 침투조 4인에게 발각당하고 말았다.

"소이드 경. 이 년이 뭐라고 하는 것 같습니까?"

하렌스가 물었다.

그의 검에는 붉은 피가 잔뜩 묻어 있었다. 오러는 깃들어 있지 않았다. 일반인의 학살에는 불필요하다고 생각한 모양이었다.

"글쎄요…… 자비를 구하는 것 같습니다만……?"

"어떻게 하는 게 좋겠습니까?"

소이드의 대답에 하렌스는 입꼬리를 끌어 올리며 한 번 더 물었다. 그러나 답은 정해져 있었다.

소이드는 싸늘한 시선을 흩뿌리며 입을 열었다.

"명예로운 제국민이 아닌! 이곳의 열등한 인류에게 자비는 사치입니다! 모두 멸하십시오. 하렌스 경. 설령 어린아이라고 해도 살려두지 마세요!"

"역시 소이드 경이십니다! 하하하!"

하렌스는 호탕한 웃음을 흘리며 검을 들어 올렸다.

"황제 폐하의 이름으로!"

침투조가 입을 모아 외쳤다.

그리고 하렌스가 두려움에 떨고 있는 교사를 향해 검을 내려치려는 순간이었다.

"뭐, 뭔가 온다!"

"하렌스 경!"

심상치 않은 기류를 읽은 소이드와 토벤이 검을 들어 올렸고 안텔크는 하렌스에게 위험을 경고했다.

"늦었어."

공기가 얼어붙는 것만 같은 차가운 목소리였다. 그것은 지구의 언어가 아닌 이계어였다.

하렌스는 목소리에 담겨 있는 살기에 짓눌려 공격 태세를 취할 생각조차 못 했다.

처음에는 단순히 살기 때문일 거라고 생각했다. 그러나 그것은 착각이었다.

"대, 대마법…… 고등 마력 속박……?"

"한때 제국에서 최고의 이름을 가졌던 마도학자의 선물이야. 마음에 들어?"

그곳에 성준이 있었다. 그는 찢어진 스크롤을 옆으로 버리며 검을 들어 올렸다. 그 동작조차 너무나 빨라서 일반인의 눈으로는 쫓기 힘들 정도였다.

"하, 하얀 악마?"

"해제!"

안텔크가 서둘러 마력을 해방시켜 속박을 풀었다. 하지만 성준은 여유로웠다.

"이번에도 늦었어."

휘둘러진 검은 하렌스가 반응하기도 전에 그의 두 팔을 잘 랐다.

"크아아아악!"

하렌스는 고통에 찬 비명과 함께 붉은 피를 흩뿌리며 뒤로 물러섰다.

성준은 전투 불능에 빠진 그의 숨통을 끊어놓는 대신에 피 투성이가 된 교사를 향해 왼손을 뻗으며 입을 열었다.

"힐."

순백의 섬광이 전신의 상처를 뒤덮었다. 그녀가 정신을 차 렸을 땐 모든 상처가 회복된 뒤였다. 이것이 SSS급 회복계 헌 터의 힐이었다.

"안심하세요."

"가, 감사합니다……."

성준이 짧은 영어로 말했다. 여교사는 안심했다. 이유는 알 수 없었지만, 눈앞의 헌터가 절대 지지 않을 것이라는 확신에 가까운 생각이 들었다.

"하얀 악마다!"

"지금부터 기사 여단의 이름으로 황명을 수행한다!"

소이드와 토벤이 성준을 향해 검을 휘두르며 달려들었고 안텔크는 대마법을 캐스팅했다. SSS급의 실력자 3명이 동시에 성준을 노리고 있는 상황이었다.

성준은 결심할 수밖에 없었다.

"리슈발트, 동조율 최대로!"

검을 들어 올려 방어 자세를 취하며 마력을 끌어 올렸다.

-동조율을 최대로 올립니다! 현재 동조율 85%! 최대 한계입니다! 환영검무가 완전히 해방되었습니다!

달리 방법이 없었기 때문에 리슈발트도 반대하지 않았다.

한계를 돌파하면서 주변의 모두를 압도할 정도의 마력이 쏟아져 나왔다.

"이, 이런……!"

"거, 검성이라는 소문이 사실이었나!"

소이드와 토벤은 예상보다 농도 짙은 마력 방출에 크게 당황했지만, 뒤로 물러서기에는 늦었다. 그들은 공세를 이어갔다.

"연검!"

"질풍검!"

두 기사는 각자 자신 있는 응용 검술을 펼쳤다.

연격이 급소를 노렸고 수십 개의 검풍이 시야를 어지럽혔지만, 성준은 침착하기만 했다. 그는 여유 가득한 시선을 흩뿌리며 마력을 끌어 올렸다.

"환영검무."

시동어를 내뱉으며 검을 휘둘렀다. 폭풍검의 상위 호환. 완전히 해방된 환영검무는 100개의 환영검을 사방에 쏟아냈다.

"이, 이건 로우켈의!"

소이드가 경악했다. 환영검무는 로우켈이 개발했지만, 지금은 누구도 알지 못하는 응용 검술이었다.

두 기사는 옆으로 몸을 던졌다. 환영검을 피했다고 생각했지만, 아직 끝난 게 아니었다.

"추격하라."

오러를 머금은 환영검이 궤적을 틀어 소이드와 토벤을 노렸다.

"커헉!"

두 팔이 잘린 채 쓰러져 있던 하렌스는 이미 환영검에 잔혹하게 찢겨진 뒤였다. 붉은 피가 차가운 도로를 적셨다.

소이드와 토벤은 검을 휘둘러 방어에 성공했지만, 성준에게 향했던 그들의 응용 검술은 중단될 수밖에 없었다.

"디멘션 커터!"

성준이 소이드, 그리고 토벤과 공방을 주고받는 동안, 안텔크가 대마법을 완성했다. 마법의 검이 휘둘러졌다.

성준은 그것을 피했지만 차원이 찢어지면서 모든 것을 빨아들였다. 블링크로도 회피가 불가능하다는 것을 직감한 그는 압도적인 양의 마력을 전신에 휘감고 버텼다. 동시에 허리에 걸려 있는 '하크의 단검'을 뽑아서 안텔크를 향해 던졌다.

"가속."

시동어를 내뱉자 던져진 단검에 가속도가 붙었다.

"제기랄!"

고작 가속 마법이 붙은 단검에 당할 안텔크가 아니었다. 하지만 오러가 깃들어 있었기 때문에 방어 마법을 전개해야만 했고 디멘션 커터에 마력 공급이 중단되면서 마법이 해제되었다. 안텔크는 차원의 상처가 아물어가는 것을 보며 거친 욕설을 내뱉었다.

"라이트닝 스톰!"

순식간이었다. 캐스팅이 끝나고 고위 마법이 완성되면서 하늘에서 전격이 쏟아졌다.

하지만 성준을 노리는 게 아니었다. 그의 뒤에 있는 학생들을 노리는 것이었다.

"앱솔루트 실드!"

성준은 아이들을 보호하기 위해 '정의로운 방패'의 내장 스킬을 사용했다. 무색의 보호막이 전격으로부터 아이들을 지켰다.

하지만 앱솔루트 실드는 시전 중에 이동이 불가능하다. 그것을 알고 있는 소이드와 토벤이 어느새 유리한 지점을 차지하고 성준을 노리고 있었다.

"죽어라!"

"황제 폐하의 이름으로!"

두 기사의 검에 깃든 오러가 춤을 췄다. 하나는 채찍처럼 변형이 되어 수십 갈래로 갈라져 있었다.

피하는 건 쉽지 않아 보였지만 성준은 차분하게 마력을 끌어 올렸다.

"리슈발트! 영혼격이다!"

마력을 끌어 올려 리슈발트에게 전달했다. 일순간 리슈발트가 실체화되었다.

그는 채찍 형태로 오러를 변형시킨 소이드를 향해 달려들며 검을 휘둘렀다. 영혼의 원한이 담긴 일격은 기척조차 없었다.

"커헉!"

"소이드 경! 도대체 무슨 일이!"

예상치 못한 기습에 소이드의 흉갑이 갈라지고 붉은 피가 솟구쳤다. 그는 연격을 허용하지 않기 위해 황급히 뒤로 물러났고 토벤의 목소리가 허공을 가로질렀다.

성준은 품속에서 스크롤을 꺼내 찢었다.

'다중 매직 미사일.'

수백 개의 매직 미사일이 소이드와 토벤을 노렸다. 수준 낮은 마법이었기 때문에 상처를 입힐 생각으로 쓴 게 아니었다. 기사라는 이름이 아깝다고 느껴질 정도로 비열한 두 사람을 아이들에게서 조금이라도 더 떨어뜨려 놓기 위한 견제 공격이었다.

"회수."

시동어를 내뱉자 어느새 왼손에 단검이 돌아와 있었다.

성준은 소이드와 토벤, 그리고 안텔크를 향해 냉혹한 살기를 담은 시선을 보냈다.

"기사다운 최후는 약속하지 않겠다. 너희들은 이미 명예를 버렸으니까."

8장
기밀문서

　"하얀 악마의 무력이 예상보다 강합니다. 저희가 아니라, 13기 사회에서 직접 나서야 할 문제였던 게 아닙니까?"

　토벤이 말했다. 그의 목소리가 떨리고 있었다. 압도적인 무력 차이는 두려움이라는 이름의 감정을 불러일으켰다.

　그리고 그것은 소이드와 안텔크 또한 마찬가지였다. 이길 수 없다는 생각이 지배적이었다.

　"적은 로우켈의 검술을 구사합니다. 소이드 경께서는 이게 무슨 뜻인지 알 겁니다."

　토벤이 계속해서 말을 이어갔다.

　로우켈은 과거 독창적인 응용 검술 개발하고 사용한 것으로 유명했다. 그가 개발한 응용 검술은 기사 여단에서 사용하던 것들에 비해 치명적이었다. 로우켈의 응용 검술을 제대로 구사하기만 한다면 자신보다 한 수 위의 적을 상대로도 어렵지 않게 이길 수 있다는 연구 결과가 나올 정도였다.

"하지만 물러날 수는 없습니다. 토벤 경. 우리는 황명을 수행해야 합니다."

"제가 대마법으로 엄호하겠습니다. 다시 한번 공세를 취해 봅시다."

소이드는 황명 수행을 강조했다.

황명을 입에 담으니, 토벤도 더 이상 반박할 수 없었다. 싸울 수밖에 없는 상황이었다.

그 와중에 안텔크는 대마법 캐스팅을 시작했고 강력한 마력의 유동을 눈치챈 성준이 고속 이동술을 펼쳤다.

"온다!"

지혈 스크롤을 찢을 시간도 없었다. 소이드는 속으로 안텔크를 원망하며 검을 휘둘러 오러를 흩뿌렸다. 날카로운 바늘 형태로 변한 오러 조각이 화망을 형성하여 성준의 접근을 저지했다.

-주군! 오른쪽입니다!

리슈발트가 경고했다.

우측에서 토벤이 거리를 좁혀오고 있었다. 검에 깃든 오러는 유난히 빛났다.

-오러를 강화했습니다! 강타입니다!

성준도 마력을 불어 넣어 오러를 강화했다. 두 개의 오러 블레이드가 충돌하면서 사방에 마력 파편이 튀었다. 검과 검을 맞댄 채 힘겨루기에 들어갔다.

-대마법이 캐스팅되고 있습니다!

마력의 유동이 느껴졌다. 곧 대마법이 완성될 것 같았다.

성준은 황급히 뒤로 물러나려고 했지만 토벤이 놓아주지 않았다. 빈틈을 보이면 공격당할 게 분명했다.

'허리를 내준다!'

망설임은 없었다. 그는 일부러 빈틈을 보이면서 뒤로 물러났고 토벤의 검에 허리에 상처를 입었다. 치명상은 아니었지만 출혈이 심했다.

'예상했던 피해다.'

성준은 당황하지 않았다. 그는 단검을 집어넣은 뒤, 상처를 향해 왼손을 가져갔다.

"토벤 경! 하얀 악마를 치유 능력이 있습니다! 견제해야 합니다!"

"알겠습니다!"

소이드가 외쳤다. 토벤이 더 가까웠기 때문에 지시를 내린 것이었다.

하지만 성준도 아무런 대책이 없는 것이 아니었다.

"폭풍검."

"크아아아악! 젠장!"

응용 검술의 발현으로 인해 토벤은 욕설을 내뱉으며 뒤로 물러날 수밖에 없었다. 돌파하기에는 검풍의 수가 너무 많았고 반격당할 위험도 있었다.

"힐."

성준은 토벤이 물러난 틈에 상처를 치유했다.

"블링크."

그리고 고속 이동술과 동시에 블링크를 사용하여 안텔크와의 거리를 순식간에 좁혔다.

"안텔크 경!"

"파, 파이어 블레이드!"

소이드가 위험을 경고했다.

안텔크는 황급히 대마법의 캐스팅을 중단하고 상위 마법인 '파이어 블레이드'를 완성했다. 스태프에 화염의 칼날이 생성되었다.

하지만 그것은 잘못된 선택이었다.

"아악!"

휘둘러진 검에 왼팔이 잘리고 스태프가 바닥에 떨어져 뒹굴었다. 블링크를 사용했다면 피할 수 있었을지도 모르는 일이었다. 마법사 주제에 최고 기사의 전생을 가진 성준에게 근접전을 시도한 게 실수였다.

"브, 블링⋯⋯."

뒤늦게 깨닫고 탈출을 시도했지만 이미 거리를 좁힌 성준이 가만히 놔둘 리가 없었다. 그는 빠르게 거리를 좁힌 뒤, 검을 내찔렀다.

"시, 실드!"

"소용없어."

"크아아아악!"

다급하게 펼친 실드는 성준의 강화된 오러를 막아내지 못했다. 오러 블레이드는 실드를 종이처럼 찢고 들어가 안텔크의 심장에 꽂혔다.

"커, 커허억!"

안텔크가 붉은 피를 토해냈다.

성준은 심장을 꿰뚫은 것에서 멈추지 않고 검을 회전시켜 부를 엉망으로 만들었다.

안텔크는 처량하게 몸을 부르르 떨더니 피를 왈칵 쏟아내며 축 늘어졌다.

"안텔크 경이 당했습니다! 소이드 경! 어서 지시를!"

"제기랄! 이런 상황에서 제가 통솔이 통할 거라고 보십니까? 하얀 악마가 너무 강합니다!"

압도적인 무력 차이 앞에서는 뛰어난 지휘 능력도 소용없는 법이었다. 모든 것을 포기하려는 순간, 소이드의 뇌리를 스쳐 지나가는 어떤 기발한 생각이 있었다.

"토벤 경! 저 꼬마 놈들을 죽이세요. 제가 하얀 악마를 막아 보겠습니다."

"의미가 있을까요?"

"글쎄요……. 어차피 이기지 못할 거라면 기분 나쁜 기억 하나 정도는 심어줘도 나쁠 건 없다고 생각합니다."

두 기사의 대화는 거리가 조금 떨어져 있는 성준에게도 들릴 정도였다. 대놓고 들으라는 듯이 크게 목소리를 높이고 있었다.

-기사들의 대화가 아닙니다. 어쩌면 제국은 몰락하기 직전 일지도 모르겠군요.

리슈발트가 불쾌한 표정으로 말했다.

성준도 고개를 끄덕이며 입을 열었다.

"걱정하지 마라, 리슈발트. 나는 저놈들한테 기사의 최후를 약속하지 않았다."

그는 검을 들어 올렸다.

두 기사도 행동에 나섰다. 토벤은 아이들을 향해 고속 이동 술을 펼쳤고 소이드는 성준의 앞을 막아섰다.

"당신은 지나갈 수 없습니다."

"일단 하나."

"무슨……?"

"다리 하나 받아간다고."

소이드는 균형을 잃었다. 마지막으로 본 것은 하나의 섬광이었다.

'서, 설마 섬광 베기? 기사 여단의 기본기를 이렇게 빨리 휘두를 수도 있다고?'

그는 경악했다. 끔찍한 고통이 뒤따랐다. 균형을 잃지 않기 위해 검을 지팡이 대신 사용했지만 결과적으로 방어 자세가 무너지는 결과를 가져오고 말았다.

"이, 이런!"

뒤늦게 자신의 실수를 깨달았지만 성준이 휘두른 칼날은 코앞까지 다가온 상황이었다.

"안심해라. 일격에 죽이지는 않을 테니까."

"무, 무슨…… 크아아악!"

왼팔도 잘렸다. 검을 지팡이 대신 사용하고 있었지만 팔과 다리가 날아가자 완전히 균형을 잃고 말았다.

그는 힘없이 쓰러졌고 성준은 토벤을 향해 시선을 옮겼다.

"블링크."

다시 한번 단거리 차원 도약 마법을 사용했다. 고속 이동술보다 빠른 대신 마력 소모가 컸지만 지금 남은 적은 하나였기 때문에 마력 잔량을 크게 신경 쓸 필요가 없었다. 순식간에 토벤과의 거리를 좁혔다.

아이들을 향해 검을 휘두르려던 토벤은 성준이 앞을 막아서자 일순간 당황했지만 침착하게 검을 회수하여 방어 자세를 취했다.

"도, 도대체 이 괴물은 어디서 튀어나온……."

"환영검."

토벤의 말이 끝나기도 전에 31개의 환영검이 그를 노렸다. 그는 침착하게 검을 휘둘러 방어했다. 현란하게 휘둘러지는 칼날이 급소를 노리는 환영검을 모조리 쳐냈다.

"환영검."

하지만 마력은 아직 여유가 있었다. 성준은 다시 한번 치명적인 응용 검술을 시전했다.

"이, 이런 괴물 같은!"

다시 한번 검이 춤을 추고 환영검이 사방으로 튕겨 나왔다. 기사 여단 서열 10위의 기사답게 공격을 쉽게 허용하지 않았다.

조금 전에 소이드는 부상을 입은 상태였기 때문에 그나마 상대하기 쉬웠던 모양이었다.

"이, 이제는……."

"환영검."

성준이 검을 휘두르자 환영검이 쏟아져 나왔다. 이제 마력도 잔량이 얼마 남지 않았다. 그는 이번 응용 검술로 토벤을 끝장낼 생각이었다.

"제, 제기랄! 커허억!"

3번은 무리였다. 처음 2번도 완벽한 방어 자세를 취하고 있었던 덕분도 있었고 운이 좋았다고도 할 수 있었다. 토벤은 피투성이가 되어 무릎을 꿇었다.

　"죽…… 여라……."

　토벤이 힘없는 목소리로 말했다. 성준이 이계어를 구사하는 것을 보았기 때문에 말이 통할 것이라고 생각이었다.

　하지만 성준은 냉소를 머금은 채 고개를 저었다.

　"미안하지만……."

　검이 휘둘러졌다. 검을 들고 있는 토벤의 오른팔이 잘려 나갔다. 성준은 잘린 팔을 발로 밀어버렸다.

　"토, 토벤 경!"

　"이, 이게 무슨……."

　토벤은 당황한 얼굴이었다.

　"너희들한테 기사다운 최후를 약속한 적 없다."

　성준이 차가운 목소리로 말했다.

　토벤은 곧바로 말뜻을 이해하고는 비참한 미래를 떠올렸다. 그는 '자결'이라는 결단을 내릴 수밖에 없었다.

　"큭!"

　굳게 다물어진 입 밖으로 검붉은 피가 새어 나왔다. 그런 토벤을 보며 성준은 비웃음을 흘렸다.

　"그걸로 나한테서 도망칠 수 있다고 생각했다면 착각이야."

왼손을 뻗었다.

"힐."

상처가 치유되었다. 잘린 혀도 복원되었지만, 오른팔은 그대로였다.

"쉽게 끝날 거라고 생각하지 마라……."

성준이 말했다. 그리고 빠르게 움직여 토벤과 소이드를 기절시켰다. 마음 같아서는 고문을 시작하고 싶었지만 보는 눈이 너무 많았다. 기사의 명예를 버린 두 사람은 제로스에게 넘겨서 적당히 실험체로 만들 생각이었다.

"흡수."

성준은 안텔크와 하렌스의 시체에서 마력을 흡수했다.

-동조율 83%입니다!

리슈발트가 보고했다.

"이제 안전합니다."

영어 실력은 형편없었지만 이 정도의 문장은 구사할 수 없었다. 성준의 어색한 영어에도 불구하고 그 의미는 분명히 전달되었다.

여교사는 물론이고 아이들도 적들이 사라졌다는 것을 알 수 있었다. 그들은 안도했다. 살아남았다는 감정은 눈물을 불렀다.

아이들은 울음을 터뜨렸고 교사는 호흡을 가다듬은 뒤, 성준에게 다가가 감사를 표했다.

"정말 감사합니다. 대한민국의 강성준 헌터님 맞으시죠?"

성준이 외국인이라는 것을 인지하고 있었기 때문에 발음을 정확하게 하고 있었다. 덕분에 그녀의 말을 이해하는 것은 어렵지 않았다.

성준이 고개를 끄덕이자 여교사는 터져 나오는 울음을 간신히 참아내며 입을 열었다.

"정말 감사합니다…… 당신이 우리 모두를 살렸어요."

"마땅히 해야 할 일을 했을 뿐입니다."

어차피 죽일 놈들이었지만 적절한 연기는 필수였다. 성준은 희미한 미소를 머금은 채 말했다.

그리고 무전기를 들어 올렸다.

"상황 종료되었습니다. 제니퍼. 그런데 일반인들이 있어서 호송 부대를 보내주셔야 할 것 같습니다."

-알겠습니다. 지금 당장 헬기 편대를 보내겠습니다.

무전이 종료되었다. 제니퍼가 보낸 헬기 편대는 10분이 지나기 전에 도착했다. 돌격 소총으로 무장한 군인들이 먼저 내려서 주변 안전을 확보했다.

성준은 여교사와 어린 아이들이 헬기에 탑승하는 것을 확인하고는 마지막으로 헬기에 탑승했다.

"2명은…… 살아 있는 겁니까?"

시체 가방에 담겨 있는 소이드와 토벤을 보며 제니퍼가 물었다. 목소리에서 증오가 묻어 나왔다.

성준은 고개를 끄덕이며 입을 열었다.

"마력로를 망가뜨리고 구속 술식까지 걸어두었으니까, 문제 없습니다."

"그런가요……?"

"그리고 혹시 몰라서 미리 말해두는데, 이 둘은 제가 처리할 겁니다. 참견하지 않았으면 좋겠습니다."

성준은 확실하게 선을 그었다.

"알겠습니다. 미국에서는 절대로 두 포로의 처분에 대해 참견하지 않을 것입니다."

제니퍼가 말했다. 다행히 그녀는 물론이고 미국은 자신들의 주제를 알고 있었다.

"좋습니다. 저는 조금 쉬어야겠군요."

동조율 초월의 부작용이 찾아오고 있었다. 성준은 두 눈을 감았다. 고통이 느껴졌지만, 티를 낼 수는 없었기에 최선을 다해 견뎠다. 고통 속에서 헬기는 임시 숙소로 사용되는 호텔에 착륙했다.

성준은 만약의 상황에 대비하여 리슈발트에게 두 포로의 감시를 부탁한 뒤, 침대에 몸을 던졌다.

그가 고통을 이겨내며 잠을 청하는 동안, 뉴욕의 신문사들은 세계의 역사를 새로 쓰고 있었다.

[뉴욕의 구원자!]

[새로운 최강이 탄생하다!]

[SSS급 헌터 강성준의 활약!]

[레이드는 종료? 그런데 적들은? 정부는 침묵?]

[연방 정부에 해명을 요구하다!]

다음 날, 성준은 뉴욕은 물론이고 미국 전역의 모든 주요 신문의 1면을 장식했다. 미국은 물론이고 전 세계에서 최강이라고 평가받는 SSS급 헌터, 레이아를 패배하게 만든 의문의 적들을 대한민국의 SSS급 헌터인 성준이 격파했다는 사실이 널리 퍼지고 있었다.

영웅 이야기를 좋아하는 미국 사람들은 큰 관심을 보였다. 미국은 성준의 영웅화를 진행했다. 실제로 사실이기도 했지만, 레이드 상황이 종료된 상태에서 갑작스럽게 등장한 의문의 적들에 대해 해명할 내용을 만들 시간을 벌기 위해서였다.

"후우!"

성준은 깊은 한숨과 함께 일어났다. 시계를 확인해 보니 벌써 정오를 넘은 시간이었다. 그가 가장 먼저 한 일은 소이드와 토벤의 상태를 확인하는 것이었다.

-이상 현상은 없었습니다.

리슈발트가 말했다.

하지만 성준은 확인 작업을 멈추지 않았다. 그는 철저한 것을 선호했다. 혹시 모를 상황에 대비하여 스크롤을 찢어서 구속술식을 강화했다. 그러고는 창가에 앉아 잠시 휴식을 취했다.

차를 마시며 30분 정도의 시간을 보냈을까? 제니퍼에게서 메시지가 도착했다.

[깨어 계십니까?]

[네, 오셔도 됩니다.]

답장을 보내고 얼마 지나지 않아서 가벼운 노크 소리와 함께 문이 열렸다. 차분한 표정의 제니퍼가 걸어 들어왔다.

"강성준 씨. 편히 쉬셨습니까?"

"네. 덕분에 편히 쉴 수 있었습니다."

성준은 제니퍼의 물음에 대답하며 찻잔을 비웠다.

"에이든 대통령님께서 강성준 씨를 뵙기를 간청하고 있습니다. 시간이 괜찮으시다면 직접 찾아오신다고 합니다."

"저는 괜찮습니다. 오시라고 하세요. 이틀 안에만 오시면 됩니다."

성준은 흔쾌히 고개를 끄덕였다.

아무래도 다시 한번 뉴욕을 구해줘서 고맙다는 말을 하기 위해서 만남을 요청하는 것 같았다. 고맙다는 인사를 하기 위해서 직접 찾아온다는데 거절할 생각은 없었다. 어차피 이틀 정도는 미국에서 머물 생각이었다.

헌터라고 해도 장거리 비행에는 꽤 많은 피로가 누적되니, 적당한 휴식이 필요했다. 성준의 승낙에 제니퍼의 표정이 밝아졌다.

"백악관에 전달해 두겠습니다."

그 말을 끝내고 제니퍼가 방에서 떠나자 성준은 스마트폰을 꺼내 들어서 제로스에게 국제전화를 걸었다.

-말씀하세요, 강성준 경.

제로스가 전화를 받았다.

"실험체를 둘 정도 확보했는데, 어때?"

-언제나 환영입니다. 혹시 괜찮으시다면 실험체의 수준을 알 수 있겠습니까?

"둘 다 SSS급 헌터와 비슷한 수준의 전투 능력을 갖추고 있었어. 하나는 왼팔과 왼쪽 다리가 잘렸고, 다른 하나는 오른팔만 잘렸어."

-흥미롭군요. 미국의 SSS급 헌터, 레이아를 패주시킨 녀석들입니까?

목소리에서 들뜬 감정이 느껴졌다. 질 좋은 실험체를 확보했다는 소식에 마도학자의 호기심과 연구 본능이 깨어난 것이었다.

"맞아. 기사 여단의 서열 8위랑 10위의 기사였어."

-그렇군요. 강성준 경께서 '처리'하지 않은 게 의외군요. 후환을 남겨두지 않는 걸로 압니다만…….

"그냥 죽이기에는 너무 심한 짓을 해서 말이야. 적당히 목숨은 붙여두고 고통스럽게 하는 게 좋을 것 같아서 생포했어."

성준이 대답했다.

-그렇다면 해보고 싶은 연구가 있었는데, 그쪽의 실험체로 사용해야겠습니다. 키메라와 관련된 연구인데…… 진행해도 괜찮겠습니까? 과정이 비윤리적이기 때문에 거절하신다면 뜻을 접겠습니다.

제로스가 조심스럽게 물었다.

성준은 입꼬리를 끌어 올렸다. 비윤리적이라는 제로스의 표현이 마음에 들었다.

"비윤리적이라는 게 마음에 드네. 좋아, 실험체 도착하면 바로 진행할 수 있게 준비나 해."

-감사합니다. 강성준 경.

통화가 끝났다.

-주군. 정말 키메라 실험을 허가할 생각이십니까?

리슈발트가 물었다. 그는 기사답게 강직하고 보수적이었다. 마도학자들의 병적인 호기심과 연구 본능을 쉽게 이해하지 못하는 부류이기도 했다.

"리슈발트. 다시 한번 말하지만 나는 그놈들한테 기사다운 최후를 약속하지 않았어. 이 정도면 대답으로 충분할 거라고 생각해."

-이해했습니다. 덧붙이지 않겠습니다. 죄송합니다.

충직한 영혼 부관은 고개를 숙이며 사죄했다.

소이드와 토벤의 악행을 잊은 모양이었다. 성준이 상기시켜주자 다시 떠올리고는 납득했다. 성준은 차분한 표정으로 고개를 끄덕였다.

"내 예상이지만 늦어도 내일이면 에이든 대통령이 올 것 같으니까, 준비나 해두자."

성준이 말했다.

리슈발트는 고개를 끄덕이며 입을 열었다.

-좋은 생각입니다. 역시 주군이십니다!

예상은 정확했다.

다음날, 오전 11시를 넘기기 전에 제니퍼가 다시 찾아와서 오후 4시 전에 에이든 대통령이 방문한다는 사실을 알렸다.

"대통령님께서 도착하셨습니다. 연회장으로 이동하시지요."

오후 3시가 되었다.

제니퍼가 방문을 열고 고개를 내민 채 에이든 대통령의 도착 사실을 알렸다.

예복을 갖춰 입을 필요는 없었다. 늘 입는 사제복이면 충분했다. 그는 복장을 갖춰 입고 연회장으로 발걸음을 옮겼다. 제니퍼가 뒤따랐다.

연회장에서는 에이든이 먼저 도착해서 성준을 기다리고 있었다. 출입문이 열리고 성준이 안으로 걸어 들어오자 에이든은 수행원들과 함께 자리에서 일어났다.

"먼저 도착하셨군요."

성준의 물음에 에이든은 희미한 미소를 머금은 채 입을 열었다.

"조금 전에 도착했습니다. 오래 기다리지 않았습니다."

"다행이네요."

성준은 대답과 함께 에이든의 앞에 앉았다. 그러자 에이든도 의자에 앉았다.

훈훈한 분위기 속에서 대화가 시작되었다. 처음에는 간단하게 안부를 물었으나, 곧 대화의 주제는 뉴욕에 대한 것으로 바뀌었다.

"뉴욕을, 미국을 구해주셔서 정말 감사합니다. 레이아 양이 패주할 때만 해도 세상이 무너지는 줄 알았습니다."

에이든이 말했다.

레이아는 미국 최강의 헌터였다. 그녀의 이름에 패배는 존재하지 않을 것만 같았다. 그래서 이번에 그녀의 패주는 미국인들에게 있어서 충격이었다.

"포로를 확보하셨다고 들었습니다. 혹, 그들의 정체를 알아내셨습니까?"

"이계인입니다. 정찰을 위해 상륙한 것 같았습니다."

따로 조사하지는 않았지만 기사 여단의 갑옷과 황실 마탑의 로브는 그들이 제국의 수하라는 사실을 증명해 주었다. 에이든은 아직 제국의 존재에 대해서는 모르기 때문에 성준은 적당히 설명했다.

"이계인이라…… 이 정도로 위협적인 존재일 줄은 몰랐습니다."

"우리 쪽의 방위 체계를 시험하기 위해서 온 것 같습니다. 이건 시작에 불과하겠죠. 언제 본대가 상륙할지 모르는 일입니다."

성준은 일부러 최악의 상황을 말해서 에이든에게 이계의 존대들에 대한 경각심을 심어주었다. 운이 좋다면 미국에서 먼저 선제공격을 입에 담을 수도 있다.

'마물들과 달리 이계의 인간들한테는 현대의 무기가 통하지.'

마력 피부가 없기 때문이었다.

'미군이 움직이면 일이 쉬워질 거야.'

성준은 속으로 웃음을 흘렸다.

이번의 참사로 미국도 이계의 존재에 대한 경계도를 올렸을 것이다.

"본대가 상륙한다는 말입니까……?"

에이든의 목소리가 떨렸다.

성준은 고개를 끄덕이며 입을 열었다.

"던전 레이드는 침략의 시작입니다. 이대로 가만히 있으면 당할 겁니다."

"선제공격을 말씀하시는 겁니까?"

"제가 러시아군의 절반을 동원할 수 있습니다. 미국에서 협조해 준다면 러시아군 전체가 움직이겠죠. 상황에 따라서는 한국군을 움직일 수 있을지도 모릅니다."

러시아군과 미군, 그리고 한국군이 움직인다면 강대한 제국도 위협할 수 있다. 적어도 일반병들은 상대할 수 있을 것이다.

초인들이라고 할 수 있는 정예 병력이 문제였지만 해방군과 접촉해서 그들의 도움을 받거나, 헌터 전력을 동원하면 될 문제였다.

"대통령님. 이제는 결단을 내려야 할 때입니다. 이미 미국은 공격받았습니다. 이대로 가만히 있을 생각입니까?"

성준이 날카로운 목소리로 말했다. 공격은 시작된 것이나 다름없었다. 제국이 마음만 먹으면 지금이라도 원정군을 지구에 상륙시킬 수 있을 것이다.

"미국이 준비되어 있다면, 이계로 군대를 보낼 수 있다는 겁니까?"

"지금 당장은 무리지만 오래 걸리지는 않을 겁니다."

마도학자 제로스는 충분한 숫자의 리오딘 수정만 확보하면 군대를 이계로 보낼 방법을 찾을 수 있다고 말했었다.

"좋습니다. 때가 되면 미군을 움직이겠습니다."

미군을 움직이겠다는 미국 대통령 에이든의 확답을 받은 성준은 다음날 한국으로 귀국했다.

정철이 준비한 차를 타고 저택으로 돌아온 그는 합성으로 기사 여단의 반지와 목걸이를 각각 +21강과 +16강으로 만든 뒤, 곧바로 제로스의 공방을 방문했다.

"오셨습니까?"

제로스가 성준을 반겼다.

"내가 말했던 실험체들이다."

성준은 차원 주머니에서 커다란 가방 2개를 꺼냈다.

제로스는 흥미로운 눈빛을 보내더니 가방을 열었다. 소이드와 토벤이 모습을 드러냈다. 마력로가 망가지고 구속 술식으로 묶여 있었지만, 의식은 멀쩡했다. 그들의 눈동자에 두려움이 가득했다.

"재갈을 풀까요?"

"시끄러울 것 같으니까 그냥 둬."

"알겠습니다."

아쉬움이 가득한 목소리였지만 성준의 말에 반박하지 않았다. 제로스는 콧노래를 흥얼거리며 마법으로 소이드와 토벤을 실험체들의 공간으로 옮겼다.

그들은 끔찍한 최후를 직감한 것인지 공포에 질린 얼굴로 몸을 떨었다. 훈련받은 기사들조차 미래를 걱정하며 떨 정도로 제로스의 공방, 실험 구역은 공포스러운 곳이었다.

"기밀문서 쪽은 어떻게 됐어?"

"그렇지 않아도 보고드리려고 했습니다. 약 1시간 전에 해제 술식을 알아냈습니다."

기쁜 소식이었다. 성준의 입가에 미소가 번졌다.

"지금 열어보려고 하던 참이었습니다."

제로스가 원통을 꺼내 들었다. 성준이 다가가자 제로스는 해제 술식을 펼쳤다. 봉인이 파괴되면서 원통이 열리고 어떤 내용이 기록된 스크롤이 빠져나왔다.

성준은 마른침을 삼키며 그것을 집어 들었다.

스크롤을 펼치고 시선은 아래로 향한다.

그것을 본 제로스는 눈동자를 파르르 떨며 입을 열었다.

"강성준 경. 무슨 내용입니까?"

성준은 대답이 없었다, 아니, 대답할 수 없었다.

"강성준 경?"

"암호 술식이야. 제국 놈들…… 짜증 나게 하는군."

"제가 한 번 살펴봐도 되겠습니까?"

제로스가 조심스럽게 물었다.

성준은 대답 대신 스크롤을 건넸다.

"시간이 걸리겠지만 해독이 불가능한 건 아닙니다."

"역시 제로스야!"

성준은 감탄했다. 제로스는 입가에 미소를 머금은 채 입을
열었다.

"저는 제국 최고의 마도학자였습니다. 제가 해독하지 못할
술식은 없지요."

과한 자신감이 아니었다. 그는 정말 제국 최고의 이름을 가
졌던 마도학자였고 그 실력도 우수했다. 전생의 기억을 가지고
있는 성준은 알고 있었다. 그의 충직한 영혼 부관인 리슈발트
또한 아는 사실이었다.

To Be Continued